가장 빛나는 순간은 아직 오지 않았다

가장 빛나는 순간은 아직 오지 않았다

이성인 신모김

레몬북스
lemon books

contents

2부

바람 불지 않는 이별이란 없었다

3부
가장 빛나는 순간은 아직 오지 않았다

에필로그

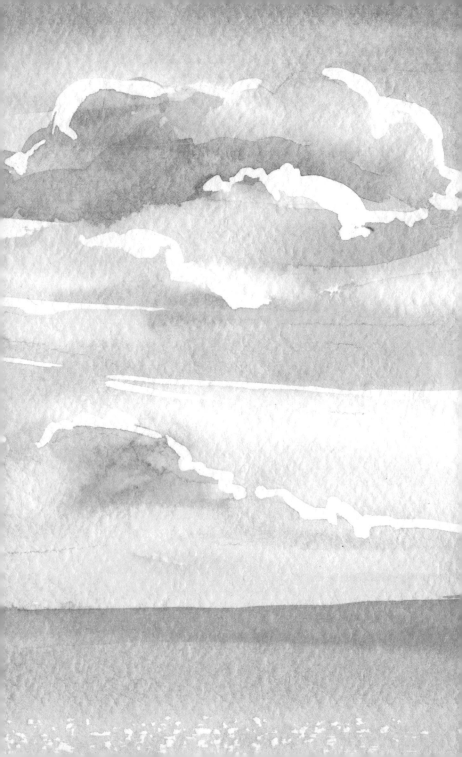

사랑이
당신의 인생을 절벽 앞으로
내몰지라도

무지개가 하늘 위에 걸려 있기에 한없이 바라보았습니다. 그러면서 저리 아름다운 것들은, '그래, 저렇게 늘 높은 곳에만 떠 있지.' 하고 생각했습니다.

살다 보면 높은 곳에만, 범접할 수 없는 공간에만 허락된 것들이 있지요. 나에게는 애초부터 허락되지 않았던 것처럼. 어쩌면 사랑도 높은 자리에서 빛을 발산하는 '나 아닌 모든 타인'을 위해서 주어진 것이 아닐까 하는 생각도 바보같이 해봅니다.

저는 문득 무지개의 시작이 어디일까 궁금해서 그의 끝을 눈으로 좇았습니다. 끝으로 계속해서 따라가다 보니 무지개의 시작점은 절벽 사이 아주 어두운 틈새였어요. 분명 가장 짙은 색을 뒤집어쓴 그 틈에서 무지갯빛이 새어 나오고 있었어요. 가늠하기 힘든 어둠도 세상을 향해 질주하려는 그 빛을 막을 수는 없었나 봅니다.

어둠도 빛도 서로를 지지대 삼아 의지하지 않는다면 결국 세상 밖으로 나올 수 없으니. 더군다나 무지개를 살린 것은 어둠을 설득한 절망의 절벽이었습니다.

혹시 어제 사랑의 절벽을 만나셨나요?

가슴이 뻐근하도록 나를 추락시키는, 한때는 나의 모든 것이었던 그 사람을 앗아간, 뻥 뚫린 마음에 악마의 검은 얼굴을 심어준 그 절벽. 아니면 바닥이 보이지 않는 절벽 밑으로 떨어지며 아무에게도 손 내밀지 않고 혼자의 마지막을 준비하고 계시는가요?

숨 가쁘게 달려가 마주한 내 마음이 결국 모두 '너'였다고 해도, '너' 없는 삶이 내게 무가치하다고 해도, 가슴이 죽어버렸으면 좋겠다고 글썽거리는 속삭임이 당신을 물들여도, 잊지 말아 주세요.

사랑은 어느 자리에나 있고, 높거나 낮거나 진흙탕이거나 모두 당신 마음속에서 만들어낸 것이니 그저 자연스레 시간이 흘러들기를 기다리며 놓아두어야 한다는 것을. 절벽에서 무지개가 솟구치듯이, 가장 어두운 눈물의 밤이 우리들의 삶과 사랑을 앞으로 나아가게 해줄지 모릅니다.

단 한 번의 사랑이 당신의 인생을 절벽 앞으로 데려가더라도, 그곳에서 자신을 스스로 잃지 않길. 설령 무지개가 손에 붙잡히지 않더라도 다시 눈부시게 살아주시기를.

사랑하는 이와 헤어지고 슬퍼하는 모든 영혼에게
이 세상 갖가지 빛깔의 '사랑 조각'들을
잠들지 못한 밤, 그대의 눈동자에 뿌리오니
헤어진 다음 날에도 부디 빛을 틔우시기를

<1부>

그대가 나를
사랑하지 않아도
좋다

그 웃음이 좋았다

To. 언젠가 사랑했던 당신에게.

그 웃음이 좋았다. 환하게 웃을 때, 마치 세상이 온통 '나'인 것처럼 웃어 보일 때. 깊은 눈을 반짝일 때.

당신 때문에 내 세상은 강렬해졌다. 소리가 없는 웃음소리, 그래서 더 귀를 기울였었다.

사람들 앞에 설 때 목소리를 자연스럽게 깔게 된다는 고백이 좋았고, 미안한 표정 지을 때 손짓과 눈빛으로 충분히 미안해하였기에 그 미안함도 좋았다. 혼자 가슴에 묻었을 상처도 보았고, 조용히 걸어왔던 그 길도 들었다.

당신의 열등감도 알았고 유치함마저 사랑스러웠기에 그래도 이해했다. 당신의 상처도 열등감도 유치함도 안아주고 싶었다.

그저 당신의 웃음이 좋았다. 그래서 당신을 바라보았다. 그런데 당신은 내 웃음을 지켜주려고 나를 떠나가고, 나는 당신의 웃음을 볼 수 없으니 우리는 이제 더는 서로에게 어떤 의미도 줄 수 없구나.

당신이 좋아했던 철학자는 '인생이란 의미가 아니라 욕망'이라 하였는데, 우리는 의미만을 좇다가 서로의 사소한 웃음마저 볼 수 없는 사이가 되었구나. 아아, 이제 우리는 더 웃을 수도 안을 수도 없으니 앞으로 내내 미안함만 남겠구나.

마카오, 파리지앵 호텔 주변부
화려한 불빛 아래, 나는 더욱 초라함을 느꼈다.

내 선택은 언제나
'후회가 덜 남을 쪽'이었어

매 순간 후회 없이 살기 위해 노력하다가 매번 후회할 일을 만들곤 한다. 내 뜻대로 되는 일은 없어도 너무 없고, 쉽게 쉽게 흘러가는 일들은 아무런 도움 되지도 않는 일뿐이다.

설렁설렁 생각하고 움직이면 후회가 된다. 나를 위해서, 내 이기심으로 남을 움직이려 들면 반드시 후회하게 된다. 그래서 항상 선택에도 행동에도 제약이 따르고, 말하는 것은 더욱 조심스럽다. 그런데 어떨 때는 너무 조심해서 가보지 못한 길을, 하지 못한 말을 후회하고 혼자 끙끙 아파하기도 한다.

어떻게 살아야 후회하지 않을까. 후회 없는 삶이 어떻게 존재할까.

이 세상은 먼지보다 더 많은 후회의 파편을 머금고 있을 것만 같다. 작고 사소한 후회들이 세상을 부유(浮遊)한대도 보이지도 않는 먼지를 피할 수 없듯이, 선택도 피할 수 없었다. 그래도 덜 후회하는 쪽은 정성을 다하고 내 진심을 뒤집어 보이는 쪽이었다.

가슴 벽을 허물며 툭 치고 나온 진심 한 덩어리와 매사에 정성을 더하는 습관이면 시간이 지난 후에 덜 후회할 수 있을 거라고 믿었다.

하지만 사랑만큼은 예외였다. 정답의 근사치를 측정하는 일 자체가 아예 불가능했다. 나는 이렇게 하는 것이 '후회가 덜 남을 것' 같다며 당신 손을 계속 잡는 쪽을 택했다. 그리고 당신 또한 그래 주기를 바랐다. 함께 손을 잡고 인생이라는 커다란 산을 쉼 없이 오르기를 바랐다.

산을 오르는 사람들은 저마다의 이유로 산행의 '시작'을 꿈꿀 것이다. 그러나 언젠가 '선택'해야 한다. 산을 끝까지 오르거나 중간에 내려오거나 자신이 '덜 후회할 쪽'이 어느 방향인지 생각하고 냉철하게 판단해야 한다.

해가 떨어지기 전에 결정을 내려야 한다. 해가 지고, 산허리가 어슴푸레 저녁의 모습을 갖추기 시작하면 위험이 도사리는 공간으로 탈바꿈되기 때문이다.

햇살이 기력을 잃은 것인지, 구름에 가려지고 산꼭대기에 점차 어둠이 비치는 순간이 찾아왔다. 당신은 놀라서 내 손을 놓쳤고 우리 인연이 다 했다고 느꼈다.

나는 그 직후 산에서 내려와야 한다고 판단했다. 더는 혼자서 산을 오르고 싶지도 않았다. 무엇보다, 내 손끝에 아로새겨진 따뜻한 감각도 더는 찾을 수 없었기에 산행은 내게 의미가 없었다. 그런데 사방을 둘러보아도 나는 아직 산속에 있는 것만 같다.

왜 아직도 산에서 내려오지 못했을까. 소리 없는 위험의 목소리가 등 뒤에서 어둠의 그림자가 되어 가는데.

그 산에 '더 가보고 싶은 길'이, '머리로는 이미 삭제한 산행'이 '끝'을 내지 못한 것 같다. 혹시라도 내가 후회를 남길 선택을 하게 될까 봐.

오랜 장마 뒤에
햇빛이 나무의 곁으로 왔을 때,
나무는 기뻐했을까 슬퍼했을까
오래간만에 받은 빛이 낯설어
잎이며 가지 모두 날을 세우고
마음과는 반대로
몸이 모두 뒤틀려버린다면

덜 사랑하는 척, 가면을 썼어

낯선 그의 모습을 본다. 말이 많아졌다. 쓸데없는 이야기를 한다. 활발한 척하고 있다.

길가에서 만난 풍경과 자전거에 대한 회상, 입술이 쉬지 않고 움직이는데도 그가 도통 무슨 말을 하는지 잘 모르겠다.

당신이 이제야 나를 편하게 생각해서 그러는 거라고 애써 침착함을 유지해보려 하지만, 오가는 눈빛이 마침표의 감각을 눈치채자 나는 이미 다 무너져 내렸다. 언젠가부터 예감했으면서도.

마음과 반대로 말하고 움직일 때가 있다. 나를 지키려고, 상대방을 지키려고 위선이 아닌 위악을 택하기도 한다.

가면을 쓰면 마음이 편하다. 마음을 숨기려고 마음과 반대로 가면을 쓰고, 마음을 지켜낸다. 그리고 아무 일도 없다고, 괜찮다고, 실상은 괜찮지 않으면서 괜찮다고 말한다.

마지막 포옹과 문 뒤의 이별 그림자를 뒤로하고 나는 말한다. 당신을 사랑하긴 하였으나, 내 전부는 아니었다고.

꽉 깨문 이 사이로 핏물이 스미는 것 같아도 가면을 써본다. 그런다고 해서 이 마음이 가려질 수 있을지는 모르나 이미 입 밖으로 나온 말은 갈림길의 방향을 정해주기에, 끝내 가면을 벗을 수는 없다. 생채기 난 얼굴로 거울 같은 당신을 바라볼 수가 없다. 내가 더 아프기에.

당신을 될 사랑하는 척, 괜찮은 그런 척, 가면을 쓰고서 나는 잘 지낼 거라고 말한다.

서울, 자전거 '따릉이'
비가 와도, 눈이 와도 기다리겠지. 한 번 쓰이고 방치되어도, 기다릴 거야.
사실 다들 기다려본 기억이 있을 거야. 그러니 마음 편히 먹고 잘 지내.

사랑에도 졸업이 있었으면 좋겠다

돌이켜보면 '졸업'과 동시에 많은 사람이 멀어져갔다. 시차는 있었겠지만, 자의적으로 타의적으로 한 단계의 졸업이 지나면 꽤 많은 사람을 잊고 살았다.

나는 지금, 학교가 아닌 회사에 다닌다.

퇴사한다면, 졸업과 비슷한 끝이 있는 셈이다. 그런데 사랑에는 졸업이 없었다. 대상이 달라진다고 해도 같은 과정을 또 겪어야 한다. 팔순에도 아흔에도 새 사랑이 찾아온다면 우리는 신입생처럼 설레는 마음으로 처음 찾는 교정을 거닐 듯이 싱그러울 것이다.

누군가를 좋아하고 사랑하는 마음에는 졸업이 없었다. 다만 상대와의 연애가 심심하게 끝나건 요란하게 끝나건, 완결 지어진 실수투성이 작품만이 남아있을 뿐.

"저 먼저 퇴근하겠습니다." 하고 인사를 하다가 문득 '퇴근이란 참좋구나.' 하고 감사하게 되었다. 퇴근은 퇴사도 아니고 졸업도 아니지만, '실수해서는 안 되는 사람의 시간'을 벗어나 '원래 실수투성이인 인간 이청안'으로 돌아와도 된다는 자유를 주고 있지 않은가.

사랑에도 졸업이 있었으면 좋겠다. 빛나는 졸업장을 받지 못할 거라면, 퇴근이라도 시켜주었으면 한다. 더는 실수투성이 작품을 찍어내지 않고 이제 그만 감사하며 퇴근하고 싶다.

세기의 걸작으로 졸업작품을 만들지 못할 거라면, 사랑, 졸업하고 싶다. 불가능하니 염원하고 있겠지만.

고모의 죽음이 내게 남긴 것

고모가 죽었다. 마흔하나의 젊은 나이에 악성 뇌종양으로 세상을 떠났다.

고모는 나이 앞에 '4'를 달자마자 사후세계에 묶였다. 그때 나는 고모의 죽음을 받아들이기에 어린 나이였지만, 공기로 느낄 수 있었다.

고모의 죽음 무렵 우리 가족을 둘러싼 공기는 매우 진하게 혼탁해서 숨을 쉬기가 어려울 지경이었다. 그래서 내게 고모의 뇌종양은 최악의 질병이자, 무거운 공기의 아픔이었고, 다시는 만나지 못할 형체에 대한 슬픔이었다.

고모의 무덤 앞에서 우리 가족의 삶은 사실상 붕괴되었다.

아버지는 사랑하고 의지했던 누나의 죽음 앞에서 점차 상실감에 빠지고 무기력해졌으며, 세상과 절교한 사람처럼 방황했다. 그가 심연으로 빠져들수록 엄마의 고통도 깊어갔다.

그렇게 지낸 기간이 일 년은 족히 되는 것 같다. 그 사이에 누가 무슨 일을 벌이는 줄도 모르고 우리 가족은 방황의 늪에 빠져 있었다.

고모의 죽음 이후 고모부는 반년이 안 되어 재혼했다. 그리고 일종의 동업 관계였던 아버지와 고모부는 결별의 절차를 밟았다. 사실은 아버지가 맥을 못 출 때, 좋은 것은 고모부가 챙기고 나쁜 것은 아버지 앞으로 명의를 밀어주는 방식으로 사업을 갈라놓고 고모부가 도망간 것이었지만. 순식간에 벌어진 참사 앞에서 가족은 정신을 바짝 차려야 했다.

나는 고모부에게 배신감을 느끼지 않았다.

부모님은 우리 가족의 경제적 풍요를 앗아간 그를 원망할지 모르겠으나, 나는 아니다. 더 누리고 살았다면 글쎄.

어린 시절 내 성격은 냉혈한이 되기 쉬운 질감이었다. 고모부가 미리 내 인생에서 누릴 것들을 앗아간 덕분에, 나는 오히려 따뜻하게 자랐다.

준비물인 크레파스를 챙겨오지 않는 친구를 이해하게 되었고(나도 엄마가 맞벌이 전선에 뛰어들고 나서는 종종 준비물 챙기기를 잊곤 했다.) 나보다 많은 것을 가진 사람의 삶이 '더 나은 삶'이 아니라는 확신을 하고 살게 되었다.

고모부는 분명히 나보다 더 많이 가지고 살 것이지만 나보다 못한 인생을 살아갈 것이다. 그의 욕심이 자신을 옥죄고 불행하게 만들겠지.

이것 말고도 내겐 탐욕의 아이콘인 고모부와 짧은 인생을 살다간 고모, 그리고 나를 포함한 그 주변부를 통해 내가 배운 것들이 있다.

첫째, 믿는 도끼에 발등 찍힌다는 것.

아버지는 고모부를 믿었다. 그리고 아프게 발등을 찍혔다. 그렇지만 아버지는 그에게 전부를 내어주고도, 그가 고모의 배우자로서 지켜준 마지막 모습만을 생각하며(고모부는 다른 여자를 좋아하면서도 끝까지 고모만을 사랑한 척 혼신의 연기를 다 해주었다.) 어떤 조치도 취하지 않았다.

아버지는 책임을 뒤집어쓰고 그 책임으로 고모를 그리워했다. 한 가지 사건으로 두 가지를 배운다. 두 명의 사람을 배운다.

둘째, 영원한 사랑은 없다는 것.

고모네 집에 갈 때마다 고모와 고모부는 그렇게 친해 보였다. 그 분위기가 우리 부모님이 평소 보여주는 모습과는 아주 달라서, 나는 "사랑해."의 그 사랑이 이런 것인가 보다 속으로 생각했다. 하지만 그런 사랑이 반년을 못 가더라. 나중에야 알게 된 사실이지만 고모부가 재혼한 그분은 고모가 죽음을 문턱에 두고 있을 때부터 집에 드나들었다고 한다.

이제 곧 세상을 떠날 배우자 앞에서 뭐가 그렇게 급했을까. 고모가 그 사실을 모르고 떠난 것이 다행이다. 알았다면 세상 모든 연인의 사랑 맹세에, 결혼의 서약에 핏빛 저주를 내렸을지도 모르겠다. 고모는 평생 고모부만 사랑했으니.

셋째, 천륜도 인간의 의지 앞에서 무능하다는 것을 배웠다.

나의 고종사촌인 고모 딸과 아들은, 고모가 세상을 떠났을 때 중학생이었다. 그때 나는 얼마나 가슴이 아팠는지 나보다 훨씬 언니고 오빠인 그들의 이름만 생각해도 눈물이 흐르곤 했다. 어린 마음에 그들이 엄마 없이 남은 생을 살아갈 것이 걱정되고 슬펐나 보다.

그런데 그들은 이상하게도 내 고모인 친모의 존재를 빠르게 잊어갔다.

어느 날 고모네 집에 갔더니 어떤 분이 고모의 자리를 대체하고 있었다. 아픈 엄마가 몇 년을 꼼짝 못 하며 챙기지 못했던 것들을 '엄마 아닌 사람'이 챙기기 시작하니 의지가 되며 '엄마'처럼 여겼나 보다.

나는 고모부에게 느끼지 않았을 배신감을 그들에게 느꼈다.

친구가 이사해도, 직장동료가 이직해도 함께 한 추억이 별처럼 눈에 총총 박혀서 아련해지는 우리인데, 하물며 엄마인데, 엄마를 어떻게 잊을 수 있을까.

나는 그들을 이해할 수는 없지만, 한편 노력하면 고개가 끄덕여지기도 한다. 살려고 그랬을 거다. 엄마가 없으니까 엄마처럼 의지할 사람을 딛고 살려고. 어떻게든 살아내 보려고.

삶에서 두려움이 엄습해올 때나, 참기 힘든 아픔이 나를 에워쌀 때 고모를 생각한다. 죽기 싫었을 것이다. 사랑하는 남편과 토끼 같은 자식들을 두고 끔찍이도 죽기 싫었을 것이다. 그 아픈 형체의 슬픔을 기억하고 나는 노트에 이렇게 쓴다.

"우리 가족만 생각한다. 나는 해낸다. 살아낸다."

싱가포르, 가든스바이더베이

환상의 황홀경은 결국 순간이고,

함께하는 미소가 빛날 때만 우리는 사랑할 수 있다.

그의 심장이 껍질을 벗기고 나와,
내게 말을 걸었다

꿈을 꾼다. 악몽이다. 한 번이라도 보고 싶었던 그의 얼굴을 보고 있는데도 그의 표정은 읽히지 않는다. 그래서 나에게는 또 악몽이다.

꿈에서 그의 단단한 심장이 껍질을 벗기고 나와 내게 말을 걸었다.

"우리 다시 사랑할 수 있을까?"

어렵사리, 그의 알맹이가 '진심의 피'를 뒤집어쓰고 내게로 기어왔고 나는 그 힘겨운 모습을 마주하며 혼란스러웠다. 그리고 산산이 부서진 그의 잔해들을 버리지도 끌어안지도 못한 채, 내 심장이 차마 눈을 뜨지 못하고 말했다.

"아니, 다시는 만나지 말자."

그토록 말랑한 그의 심장을 마주하고 싶었으면서도 그가 자신의 껍질을 벗기고 내게 다가오길 바랐으면서도 나는 결별을 선언했다.

마지막 순간까지도 그토록 찾아 헤맨 진심은 그야말로 꿈. 현실의 그였다면 절대로 꺼내지 않았을 진심의 카드. 그 꿈은 절대로 이루어지지 않을 나의 헛된 꿈. 악몽이었기 때문이다.

악몽에서 깨자마자 그에게 전화가 왔다. 전화기 너머로 그의 심장이 껍질을 벗기고 나와, 내게 말을 걸었다.

"우리, 다시는 만나지 말자. 꿈에서도 만나지 말자."

너무 아껴서 산천초목이 질투한대도

"얘야, 사람이건 물건이건 너무 사랑하고 아껴서는 안 된단다. 산천초목이 질투하기 때문이지. 사랑할수록 담담해지거라. 사랑할수록 따뜻한 거리를 유지하거라. 네 몸처럼 사랑하고 애착을 두다가는 영영 헤어지는 수가 있단다. 사랑하되 너무 사랑하진 말아라. 그리워하되 너무 그리워하진 말아라. 하늘이 질투한단다. 산과 나무, 바다가 질투한단다."

이만희 원작, 류은종 장편 소설 '약속'에 나오는 구절이다.

내 어머니와 가장 친한 친구인 원우 이모는 원우가 다섯 살 때 사별하셨다. 그리고 평생 먼저 간 남편을 그리워했다. 이모는 가끔 내게 "너무 사랑하지 말라."고 충고해주었다.

나는 그 말의 진의를 잘 몰랐다. 그러나 이제는 조금 알 것 같다.

이모는 어느 날, 길거리에서 사주를 봤다. 점쟁이는 내년에 이별수가 있으니 조심하라고 했다. 당시 이모부는 해외 발령을 앞둔 시점이었기 때문에 이모는 대수롭지 않게 생각했다고 한다. 그런데 친구인 내 어머니 입장에서는 그 부부가 매우 불안했다고 한다. 이모와 이모부는 천지가 질투할 정도로 매우 사랑했기 때문이다.

가장 행복할 때 찾아오는 불행은 사람을 더욱 고통스럽게 한다. 그런데 실로 우리아닌 일이 일어난 것이다.

덜 사랑했다면, 덜 아팠을 것이다. 너무 많이 사랑하고 기대었기 때문에, 그 존재가 사라졌을 때 '내 존재 또한 공중으로 흩어질 것 같은' 아픔을 경험한다. 하지만 우리가 사랑 앞에서, 관계 앞에서 담담해질 수 있을까? 나는 결코 그럴 수 없을 거라고 장담한다.

상처받기 싫다면 은둔해라. 그럴 수 없다면 멋지게 나아가야 한다.

"너무 사랑하지 말라."는 충고는 그 사랑도 아픔도 뼈에 새길 만큼 체험해 본 사람만이 할 수 있는 것이다. 그러니 연인들이여, 사랑하자. 두려움도 아픔도 없는 둘만의 세상을 향하여.

한 톨의 틈도 남기지 말고, 살아있을 때 사랑하자. 산천초목이 질투하는 운명의 주인공이 되더라도.

그 사람이 내 마음에 앉을 때

"그 사람이 내 마음에 앉는 건, 어느 뜻밖의 순간"이라고 시작하는 이승환의 노래가 있다. 정말 그렇다. 시작이 그렇다.

누군가에게 빠지고, 누군가와 가까워지는 것은 한순간이다. 나와 닮아서 좋아지기도 하고, 나와 너무 달라서 동경하기도 한다. 그런데 이런 뜻밖의 인연이 과해지고, 집착 가도를 달리면 한순간에 어그러지고, 또 죽도록 미워하는 사이가 되기도 한다. 헤어진 연인에게 가지는 애증이 이런 경우가 아닐까.

호감을 느끼고 그 사람을 알아가는 과정은 즐거웠다. 상대도 나도 서로를 하나로 느낄 정도로 합일화하는 과정은 경이로웠다. 그런데 그 순간은 영원할 수 없다. 언젠가 멈추어야 하고 굴곡도 거쳐야한다.

폭포수 아래로 떨어지는 거친 물살을 견뎌내야 매끄럽고 단단한 수석이 된다. 수석이 되어도 영원하지 않다. 산들바람 자연도 수련을 거치는데, 하물며 우리는 변화무쌍한 감정을 가진 나약한 사람이다.

수련의 과정을 즐겁게 받아들인다면, 인생은 절대 우울하지 않다. 생각해보면, 오늘 좋아 죽고 못 사는 내 옆의 사람은 언젠가 내가 죽도록 미워하는 사람이 될 수도 있다.

절실한 사랑이 뒤틀리면 화(火)가 되어서 나를 괴롭힌다. 이렇게 괴로울 걸 왜 사랑했나, 왜 가까워졌나 싶겠지만 다르게 생각하면 참 기쁘지 않은가. 고맙지 않은가.

좋아했고 동경했고 사랑했기 때문에 미워졌다. 그 언젠가 행복이 없었다면 이런 상실감을 만들지도 않았을 것이다. 한때는 나의 전부였던 그 사람이 떠나가더라도, 지금 내 옆에 없더라도 그 사람 때문에 나를 괴롭히지 말아야 한다. 미워도 저주하지 않아야 한다.

미움은 애정의 또 다른 표현이다. 아직 애정을 가졌다면 멀리서 축복해주자. 선한 마음은 언젠가 나에게 행복으로 다시 돌아온다. 오늘 내가 절실하게 사랑하는 사람은 언젠가 내가 죽도록 미워할 사람이다.

즐겁게 조금만 멀어지자. 하지만 또 모르겠다. 반대의 상황이 일어날지. 오늘 내가 미워하는 어떤 사람이 열렬히 좋아지는 기적이 일어날지도, 새 바람이 불어오면 마음을 닫았던 우리의 마음에 또 누가 들어올지도.

어느 뜻밖의 순간은 항상 있다. 뜻밖의 순간은 그 사람이 내 마음에 앉는 순간. 그 순간이 내게 오지 말라는 법이 없다.

눈물이 다 말라야
여자는 이별을 고한다

남자들은 여자들이 더 지독하다고 말한다. 독종이라고, 돌아서면 끝이라고.

여자가 한을 품으면 오뉴월에도 서리가 내린다고들 한다. 맞는 말이다. 여자가 독해지면 아무도 못 말린다. 특히 사랑에 있어서 여자는 지독하다. 아니 지독해져야 한다.

여기서 남녀를 구분하는 것은 편 가르기를 하자는 것이 아니다.

나는 내가 여자인 것이 자랑스럽고 좋다. 그렇지만 대한민국에서 여성으로 사는 것은 결코 녹록지 않은 일이다. 그 부분에 대해서는 남녀 모두 수긍할 것이다. 다만 여자가 이별을 고하는 방식에 대해서, 그 고심에 대해 해주고 싶은 이야기가 있어서 남녀를 나누었다.

풋사랑을 제하고 말을 꺼내자면, 여자는 어느 날 갑자기 이별에 대해서 언급하지 않는다. 여자는 이별을 연습한다. 연애하는 남녀는 점차 완벽에 가까울 정도로 익숙해진다. 그리고 하루하루 지날수록 더욱 사랑하게 된다. 하지만 사랑하는 마음이 꼭 봄바람처럼 달콤하게 지속하지는 않는다. 계절이 거듭 옷을 바꿔 입듯이 사랑도 그 모습이 계속 변화하지만, 권태라는 두꺼운 나무껍질을 껴입은 사랑은 좀처럼 빛을 받지 못한다. 그래서 여자는 사랑받지 못한다는 생각에 잠기는 만큼, 그날들만큼 이별을 준비해나간다.

여자의 마음은 마지막이 다가올수록 롤러코스터를 탄다. 괜찮다가, 죽을 것 같다가, 끝이 오는 것이 두렵다가 이내 덤덤해진다. 가끔 이유 모를 눈물이 한두 방울 흐르고, 그 눈물이 말라갈 때 잠을 자고 일어난다. 그리고 눈물이 한 방울도 나오지 않게 되면 비로소 여자는 이별을 고한다.

독해서가 아니다. 혼자 먼저 이별하며 연습하기에 무대 위로 올려졌을 때, 괜찮아 보이는 거다. 혼자 연습하며 차가운 바닥에 넘어져 내 마음이 다칠 때, 마지막 그 순간까지도 간절하게 바란다. 다시 그의 손을 잡게 되기를.

하지만 끝내 한 줄기 빛도 들어오지 않았을 때 처절하게 절망하고, 눈물이 다 마르면 여자는 뒤를 돌아보지 않는다. 연습한 대로.

처음 그 마음처럼 간절할 수 있다면

한때는 지름신이 강림한다고 했었는데 요즘에는 어떻게 표현하는지 모르겠다.

어딘가 울적한 마음이 들면 사람들은 그 허전함을 구매욕으로 달래곤 한다. 사고 싶은 게 생기면 며칠 동안 거기에 매달릴 수 있으니까. 그러다 잊히면 잊는 거고, 계속 생각나면 그 물건을 사기 위한 여건을 검토한다. 그래도 사야겠으면 결국 과감하게 지른다. 품에 안고 마음에 안 들면 반품을 하고 마음에 들면 좋아서 싱글벙글하게 된다.

처음에는 그 물건이 내 앞에 있다는 것만으로도 신이 난다. 그런데 시간이 흐를수록 이 물건을 비싸게 주고 산 건 아닌지 이 물건이 진짜 필요가 있고 활용도가 있는지, 디자인이 예쁘게 나온 건지 사람들 시선에도 신경 쓰고 자꾸만 그 물건을 평가하게 된다. 다른 거 살 걸 그랬나 하는 생각도 들고.

물건에 대한 애정은 차츰 시들해지고 언젠가는 다른 물건이 그 물건을 대체하게 된다. 나는 가끔 내가 물건이 된 것 같다. 다른 사람들도 누군가에게 물건이 된 것 같다.

언제까지나 그 물건을 사기 전까지의 간절함만 바라는 건 내 욕심일까. 애초에 근원적 외로움과 허전함을 다른 것으로 달래려 했던 나의 잘못일까. 살아있는 것들은 모두 변하는데, 그 외로움도 울적함도 살아있음인데 '간절함이 영원한 것'은 죽음으로 박제된 것들뿐인가?

사랑이 처음 그 마음처럼 간절할 수 있다면 좋겠다. 아니, 쉽사리 대체 가능한 정도가 아니면 좋겠다.

제주, 더럭분교

우리 사이가 무지개처럼 아름다워 보였으면 해.

무지개색을 칠해 놓은 이곳처럼.

반짝 떠 있다가 사라지는 진짜 무지개 말고.

자격지심

뭔가 해보려고 하다가도 주저앉는 것은, 내가 자격이 있나 하는 마음 때문이 아닐까. 가끔은 뭔가 능동적으로 해보고 싶다가도 그게 결과적으로 이로울지 아닐지 확신할 수 없기에 시도하지 못 하는 일이 있다.

"내가 그 사람에게 다가가도 되는 걸까. 내가 그 일을 해도 될까. 적임자가 따로 있지 않을까. 괜히 나서서 망신을 당하거나 사람들이 나를 이상한 시선으로 보지 않을까."

그런 생각들이 가끔은 나를 더 부족한 사람으로 만든다.

과한 것은 모자란 것만 못하다고 하지만, 모자란 사람은 늘 모자라다. 발전하는 방법을 모르니, 발전할 수도 없다. 누가 빛내주지 않는다. 스스로 빛나야 한다.

내일은 내 몹쓸 자격지심을 버려야겠다.

율마에게 마음이 가도 고무나무를 고른다 ⋯⋯⋯

"이거 살릴 수 있을까?"

어릴 때 우리 동네 아주머니들은 키우던 화초가 시름시름 앓으면 우리 엄마에게 가지고 왔다. 엄마는 고개를 갸우뚱하다가도 죽어가던 화초를 받은 지 한 달만 되면 기가 막히게 살려냈다.

엄마는 초록을 좋아했고 나는 겨우 그런 화분 나부랭이의 마음 쓰는 엄마를 쉽게 이해하기 힘들었다.

그리고 시간이 흘러 지난달, 이해하기 힘든 일을 시작했다. 독립한 지 얼마 안 되어 집 안에 생명이 나밖에 없으니 자꾸 이상해서 화분을 덜컥 사버린 거다. 그것도 두 개씩이나. 하나는 멜라니 고무나무, 하나는 율마.

사실은 무얼 살까 고민했는데 각각 다른 매력에 빠져, 외모만 보고 두 개 다 집으로 배달시켰다.

실제로 보니, 미모는 멜라니 고무나무의 승리였다. 매끈하고 단정한 모양새가, 집 안 어디에 두어도 다 잘 어울렸다. 거기다 생명력이 강하며 키우기 쉬운 식물이라 한다. 매력이 넘치는 아이다.

문제는 율마였다. 첫인상은 약해서 더 까칠한 척하는, 어른 흉내 내는 애 같다고 해야 하나. 여기에 추가로 설명서에 적힌 충격적인 이야기. 잘 자라려면 물, 햇빛, 바람 세 가지 요소가 갖춰져야 한다고? 이삼일에 한 번씩 물을 줘야 한다고?

첫날부터, 아까운 생명이 괜히 내게 와서 '흙과 혼연일체가 되겠구나' 싶었다.

입이 방정인 건지 내 예감의 적중률이 높은 건지 율마가 죽어간다.

열흘간 잘 자라주었는데. 고무나무와 다르게 만지는 재미가 있었는데. 푸릇푸릇하고 까칠까칠한 잎을 살살 만져보면 촉감은 은근히 보드라웠고 향내는 레몬처럼 상큼했는데. 지금은 소나무 겉껍질처럼 자꾸 색이 변하며 말라가고 아래로 축축 처진다. 이대로는 안 되겠다. 내가 영양제를 먹듯이 너도 먹어라. 화분에 영양제를 꽂는다.

살아나라. 제발 좀 살아나라. 속으로만 애끓다가 화분의 위치를 이쪽으로 옮겨보고 저쪽으로도 옮겨본다. '진자리 마른자리 갈아 뉘시며' 자식들을 위해 애쓰는 부모님 마음이 조금이나마 이와 비슷할까.

자꾸만 율마 녀석에게 내 마음이 간다. 마음이 쓰이면서 자꾸 보게 되고, 아침에 눈 뜨면 율마의 상태부터 점검한다. 죄책감인지 애정인지 애잔한 마음이 엉켜서 율마를 보살핀다.

그러다 문득 열흘 동안 멜라니 고무나무에 시선조차 주지 않았음을 깨달았다. 혼자서도 굳건히 잘 있는 아이니까, 신경 쓰지 않는 만큼 마음도 향하지 않았나 보다. 물론 고무나무는 건강하다. 때깔도 반질반질 여전히 곱다.

다시 화분을 산다면 백 퍼센트 고무나무를 고를 거다. 장점이 많으니까 고무나무가 정답이다.

온통 율마에게 마음이 가 있어도, 나는 고무나무를 고른다.

세상 사람들은 어떤 아이를 선택할까? 편안해서 정답임이 명확한 존재와 함께함이 힘겹지만 마음이 쓰이는 존재. 굳이 내가 둘 중의 한 곳에 속한다면 어느 쪽일까?

이번 주에 문경 출장을 다녀오면 율마는 엄마에게 보내려 한다. 내 곁에 애써 붙잡고 있는 것보다 생명을 구하는 것이 먼저니까.

율마가 꼭 살아주었으면 해서 보낸다.

어릴 때 우리 집에 화분을 맡기던 동네 아주머니들의 얼굴이 기억난다. 살아난 여린 생명을 다시 안고, 햇빛을 충분히 머금은 듯이 환하게 웃던 그분들의 미소가 내게도 오버랩되면 좋겠다.

이제 아침에 눈을 뜨면 율마의 모습을 확인하던 그 루틴이 그리워지겠지만, 참아야 하느니.

율마 내 책상에서 건강했을 때 늘 이렇게 곁에 있는 게 당연할 줄 알았다

하롱베이를 닮은 기억들

베트남 하노이 여행을 하던 어느 날이었다. 그날은 하노이에서 머물다 하롱베이(석회암의 구릉 대지가 오랜 세월에 걸쳐 침식되어 생긴 섬과 기암이 바다 위로 솟아있는 유네스코 세계문화유산으로 지정되어 있음)로 1박 2일 크루즈 투어를 떠나는 날이었다.

그 아침, 리무진 버스에 오르자 주르륵 눈물이 났다. 왜 울었는지는 비밀이다.

너무 많은 생각이 들어서 왜 울고 있는지조차 잊게 되는 때가 있다. 그야말로 사유가 존재를 집어삼키는 때 나는 내 눈물에 압도되었다. 왜 울고 있는지 잊을 만큼.

아마 구름이 해를 가린 흐린 날로 기억한다. 고독이 해의 맑은 기운을 모두 삼켜버린 그런 날씨. 언제 걷힐지 모르는 구름 사이로 눈물을 머금은 습한 기운이 내 기분까지 모두 가져갔다.

창밖의 풍경에 매료되어 시작된 눈물 한 방울이 잊었던 추억을 소환하고, 나의 우울감을 극대화시켰다. 아마도 한 시간 넘게 하롱베이행 버스를 기다린 탓에 지쳤던 것일까. 눈물을 슬쩍 훔쳐내다가, 버스를 기다리던 호텔 로비에서 만난 아이가 생각났다. 내게 분홍색 사탕 두 알을 주었던 아이.

그 아이를 다시 만난다면 나는 사랑이 무어냐고 묻고 싶었다. 어리석은 나에게 답을 줄 것만 같았다. 어쩌면 내 눈물의 이유는 구름에 가려진 해처럼 답이 없는 사랑에 대한 갈구였다.

아이는 여섯 살쯤 되어 보이는 귀엽고 의젓한 남자아이였다. 아이와 가족들은 그날 아침 사파(베트남 소수민족의 도시, 해발 1,650m 산악 지대에 있으며, 12개 부족이 거주하고 있다.)로 간다고 했다.

한참 동안 아이 부모님과 이야기를 나누다가 아이에게 직접 물었다. 학교는 언제 들어가느냐고. 아이는 약간 긴장하다가 "아빠 나 아홉 살에 학교 들어가?" 하고 되물었다.

아이 아버지와 내가 웃으며 "여덟 살"이라고 정정하니 아이는 수줍게 웃다가 이내 그 나이 또래 아이답게 장난을 쳤다.

호텔 테이블에는 손님들을 위한 배려로 알록달록한 사탕이 준비되어 있었는데, 그 사탕을 가지고 더하기 빼기 놀이를 하면서 동생과 장난을 치고 놀았다.

아이가 몇 알을 까먹어보더니 분홍색 사탕만을 골라서 몇 개를 제 바지 주머니에 넣는다. 아마 그 색깔이 가장 맛있었나 보다.

아이 아버지가 장난을 제지하다가 나를 슬쩍 보더니, "누나도 좀

드려." 하고 말했다.

'누나'라는 호칭이 사뭇 어색하고 쑥스러워서 아이를 쳐다보았더니 분홍색 예쁜 사탕 두 알을 내 손에 꼭 쥐여준다.

때마침 그들의 사파 지역 가이드가 나타났다. 이제 이들 가족과도 작별이구나 하는 마음에, 나는 순간 절절하게 아이를 쳐다보았다.

아이 아버지는 내 마음도 모르고 가이드에게도 사탕을 주면 어떻겠냐고 아이에게 권한다. 아이는 어쩐지 내키지 않아 보인다. 표정이 딱 그래 보이더니, 순간 제 호주머니에 있던 사탕이 아니라 테이블에 있던 사탕을 집어서 가이드에게 무심하게 주고 홱 돌아선다. 짧은 순간이었지만, 그 가이드보다 아이에게 우선순위로 느껴진 나는 기분이 좋았다.

낯선 사람과 함께 사진을 찍는 일은 내 인생에 흔치 않은 일이지만, 어쩐지 이 아이와는 꼭 사진을 남기고 싶었다.

"누나랑 같이 사진 찍을래?"

나의 그 말에 나도 아이도 헤벌쭉 웃고 말았다. 나는 나를 '누나'로 지칭한 것이 어이없이 우스워서 웃었고, 아이는 그냥 기분이 좋았나 보다.

지금 다시 사진을 보아도 아이의 미소는 어쩜 이렇게 기분 좋게 환한지.

아이는 자신의 동생에게도 나와 함께 사진 찍을 것을 권했다. 동생은 내가 싫은지, 사진이 싫은지 멀찍이 도망가려고 시늉했다.

"그냥 좀 찍어 주라고!"

아이는 동생에게 살짝 역정을 냈다. 그리고는 내게 미안한 표정을 지었다.

그 아이가 화가 난 이유는 무엇이었을까. 나는 왜 대체, 처음 보는 이 아이에게 이렇게도 마음이 가는 걸까. 마음은 늘 마음대로 되지 않는다. 아이도 나도 그 순간 똑같이 느꼈을 것이다.

"누나 괜찮아." 하고 나는 눈웃음을 지었다. 그러니 그제야 아이가 안심했다. 안도하는 그 표정에서 아이의 마음도 보였다.

우리 엄마는 내게 "사람은 누구나 나이 들수록 얼굴에 책임져야 한다."고 말했다. 그 말의 속뜻을 그날 정확하게 확인했다.

이렇게 다 보이는구나. 사람에게 얼굴이 있는 것은 이래서구나.

어려서부터 거짓을 이야기하면 홀라당 티가 다 나버리는 나는, 사회생활을 하면서부터 가끔은 선의로 마음을 숨기곤 했는데 '그래도 다 보였겠다.' 싶어 어쩐지 부끄러워졌다. 아이의 해맑음이 나를 반추하게 했다.

기암괴석과 석굴의 향연을 만끽할 수 있었던 행복하고 경이로운 하롱베이 투어가 끝나고, 나는 다시 하노이로 돌아왔다. 그리고 내일이면 다시 한국으로 돌아가는 베트남에서의 마지막 날. 하노이에서 유명한 L 마트로 기념품을 사러 갔다.

그런데 자꾸 익숙한 목소리가 들려온다.

아무리 한국인이 많은 마트라 해도 이 목소리는 너무 익숙한데, 어디서 들어봤더라. 고개를 들어 얼굴을 확인한 순간, 나는 탄성을 지를 뻔했다. 그 익숙한 목소리는 하롱베이로 떠나던 날 호텔 로비에서 이야기를 나누었던 아이 아버지의 목소리였다.

사실 나는 아이 아버지 옆에 있던 아이의 얼굴을 마주하고 너무 반가워서 아이를 번쩍 안는 상상을 했다. 찰나였지만, 내 마음의 크기는 분명 그 정도였다. 아이도 나와 같은 마음일 줄 알았는데, 표정으로 미루어 짐작하건대 아니다. 아이는 벌써 나를 까마득하게 잊었나 보다.

그 순간, 아이의 표정에 확신이 서지 않았다. 그날 내게 주었던 사탕 두 알만큼의 애정이 아직 남았는지에 대해서.

은희경 작가는 산문집 '생각의 일요일들'에서 사랑이란, "짧은 행복이 너무 황홀해 길고 긴 고통을 견디는 일"이라고 하였다.

아이의 표정에서 그 문장이 생각났다. 그래서 아이를 다시 만났지만, 묻지 못했다. "아이야, 우리 인생에서 진짜 사랑이란 무엇일까?" 하고.

마트 안에서 오고 가며 몇 번을 더 마주쳤지만, 나에 대한 아이의 애정과 흥미는 며칠 전 함께 사진을 찍을 때의 그것이 아니다. 사랑의 변화를 다시 곱씹고 L 마트를 나서며, 성인이 된 아이와 마주하는 괴상한 그림을 그렸다.

아이는 나보다 더 큰 어른이 되어 있었다.

어른이 된 아이 : 누나 하롱베이 가봤지? 그런 게 사랑이야.

나 : 무슨 말이야? 하롱베이라니.

어른이 된 아이 : 그곳이 경이로웠다며? 행복했다며?

나 : 그랬지. 그게 왜?

어른이 된 아이 : 잠깐의 경이와 행복, 사랑이 시작돼도 끝나도 그게 사랑이야.

나 : 아직도 잘 모르겠어.

어른이 된 아이 : 에이, 누나 헛살았네.

맞아, 아무리 살아도 시간이 아무리 흘러도, 어른스러운 쉬운 사랑. 하롱베이같이 경이롭기만 한 기억의 시작과 끝. 그게 사랑이면 나는 잘 모르겠어.

the nature of a gift

선물의 본질

한 부모 밑에서 태어났고, 똑같이 가을에 태어났지만 어찌 이리 다를까 싶다.

나와 동생은 달라도 한참 다르다. 물건처럼 사람의 형질을 설명한다는 것이 우습지만, 굳이 표현하자면 나는 전형적인 문과계 인간이며 동생은 타고나길 이과계 인간이다.

글자를 읽고 생각하는 것을 좋아하는 나와, 생각하지 않고 결과물을 데이터로 분석하길 좋아하는 동생은 그래서 이렇게 섞이지 않는 물과 기름 같은 존재가 아닌지.

동생과 나는 세 살 터울인데, 내게는 아직도 그 아이가 그냥 어린 남자애 같다. 이제는 어엿한 직장인이 되어서 제법 어른 흉내를 내는데도 내겐 계속 미운 일곱 살 같아 보인다. 게임을 하길 좋아하고 여자 친구와 꽁냥거리기를 좋아하는 철딱서니.

지난 시월 동생 생일이었다. 이른 아침의 독서모임을 마치고 집으로 향하는 길에 같이 쇼핑이나 할까 해서 연락을 했다. 마침 근처에 결혼식이 있어 다녀온다 하기에 시간 맞춰 만날 수 있겠다 싶었다.

가을은 남자에게도 멋 부리기 좋은 계절이니 옷 한 벌 사주고 싶었기도 했고. 워낙 뭘 고르는 안목이 없는 녀석이라서 무엇을 사더라도 '같이 사야' 안심이 될 것 같았다.

그를 기다리며 카페에서 책을 읽는 둥 마는 둥 시간을 때우고 있었는데, 대뜸 이렇게 문자가 왔다.

"누나 그냥 집으로 와. 나도 집으로 가고 있어."

아니 이게 무슨 멍멍이 풀 뜯어 먹는 소리지? 내가 네 녀석을 기다리느라 얼마나 힘들었는데. 맥이 빠져서 동생에게 바로 전화를 했다. 그런데 이유를 묻는 나의 질문에 녀석의 대답이 더 가관이다.

"그냥 다 귀찮아. 쇼핑은 더 귀찮아. 옷도 필요 없고. 내 생일인데 내가 원하는 대로 해주면 안 되는 거야?"

아, 난감하다. 굴러들어 온 복을 차도 유분수지. 정말 나와 손발이 안 맞는구나. 나는 할 수 없이 카페에서 홀로 나와 백화점 세일 코너를 서성거렸다. 그때 동생에게 어울릴만한 신발이 눈에 띄어, 해당 코너 직원에게 양해를 구하고 사진을 찍어 보냈다.

"이 신발 어때? 너한테 잘 어울릴 것 같아."

내 물음에 녀석의 대답은 딱 두 글자였다.

"별로."

좋은 누나가 되는 건 참 힘들다. 평소 입 밖으로 욕을 내뱉진 않지만, 내가 이 세상에서 유일하게 욕을 할 수 있는 상대이자, 내 입에서 욕을 나오게 만드는 사람은 단 한 명 내 동생이다.

좋은 누나가 되기 위해서 사랑하는 동생의 생일날만큼은 마음속에서도 욕을 발사하면 안 되니, 그것참 힘들다.

지금 막 입술에서 욕 비슷한 것을 분출시키려고 근질거리는, 그때였다.

"그 신발 말고 그 옆에 신발 괜찮은 것 같아."

동생이 그렇게 메시지를 보냈다.

내가 마음에 들어했던 신발은 빨간 운동화였는데, 동생의 눈에 든 것은 김빠진 콜라 같은 느낌의 거무튀튀한 색깔이었다. 동생에게는 발랄한 색이 훨씬 더 잘 어울리는 편인데, 이 아이가 고르는 것들은 하나같이 이상하게 내 마음에 들지 않는다.

결국, 백화점에서 내가 사 온 그의 생일 선물은 발랄한 빨간 운동화가 아니라 거무튀튀 콜라 색 운동화였다.

'그래. 내가 신을 신발도 아니고, 네가 좋다는데.'

집으로 돌아와 동생이 원했던 신발을 내밀었다.

"선물이야. 생일 축하해. 우리 땡이.(어려서부터 온 가족이 불러온 동생의 별명.)"

나는 욕을 하지 않고 웃으면서 동생의 생일을 축하했다.

'이 녀석이 오늘 부글부글 끓었던 내 마음을 알려나. 알 리가 없지. 아직도 철없는 이 아이가…' 하는 생각을 하고 있는데, 동생이 신발 디자인을 확인하더니 "오! 누나로써 최고 울 누나!" 하고 외친다.

그 말은 아주 오래전부터 동생이 제 휴대폰에 저장해 놓은 내 번호를 지칭하는 말이었다. 군 제대 이후 새 휴대폰을 장만하고 동생이 내 이름을 저렇게 저장했는데, "땡아, 사람 뒤에는 '로써'가 아니라 '로서'를 붙이는 게 맞아." 하면서 잘난 척을 하려다가 말았다.

동생은 이과계 형질의 사람이니까. 그냥 두자는 생각에서.

제가 좋다는 물건을 사다 주니, 저렇게 애교를 부리는구나 싶어서 입꼬리가 슬쩍 올라갔다.

동생을 군대에 보내고 훈련소에서 첫 택배가 도착했을 때 그 아이의 옷가지를 보고 참 많이도 울었다. 정작 아빠 엄마는 그러지 않으셨는데 나 혼자 쓸데없는 걱정을 많이 했다. 잠은 잘 자는지 누가 괴롭히지는 않을지. 적응은 잘하고 있는지. 마침 입소하자마자 남북관계가 예민해져 혹여 안 좋은 일이라도 생길까 봐 신경이 곤두서기도 했고, 그 아이의 막내다운 애교도 무척이나 그리웠다.

매일 붙어 있을 때는 종종 싸우기도 하고, 날 선 말들을 주고받기도 했는데 없으니 이렇게 보고 싶다. 동생의 부재가 그의 가치를 내게 증명했다.

동생에게는 더디게 느껴졌겠지만, 시간은 공평하게 흘러 어느덧 그 아이의 전역이 한 달 남은 시점이었다.

"면회 오면 안 돼?" 하고 전화가 와서 온 가족이 함께 면회를 갔다. 이제 얼마 안 남은 이때 바쁜 가족들을 왜 오라 가라 하냐며 괜스레 핀 잔을 주니, 아이가 이렇게 말한다.

"누나 이제 무한도전을 세 번만 보면 전역인데, 시간이 너무 안 가. 그래서 더 힘들어."

말은 안 했지만, 속에서 이 나라에 대한 원망이 불같이 끓어올랐 다. 정확하게 말하면 나라에 대한 원망이라기보다는, 분단의 현실, 그 리고 남자라면 국방의 의무를 져야 하는 힘든 시간이 있다는 것. 그게 어린 동생에게 미안하기도 하고 도리어 내가 동생 대신 이가 갈릴 정 도로 억울하기도 하고, 이 땅의 젊은 친구들이 군대 문제로 얼마나 아 플지 안쓰럽고 안타까워 손끝이 뜨겁게 부들부들 떨렸다.

젊디젊은 시퍼런 젊은이들이 인생의 황금기를 나라 위해 바치고 있었다. 훈련이 없는 날이나 동생처럼 말년 병장이 된 친구들은 족구 로 시간을 때워가며, 흐르지 않는 날짜를 세어가며 청춘의 숱한 밤을 흘러보냈다.

얼마나 시간이 안 가서 힘들었으면 그동안 가족들이 면회 간다고 해도 오지 말라던 아이가 먼저 손을 내밀었을까.

동생이 군대에 있던 시절을 생각하니, 마음 한구석이 애잔하다. 또 저 녀석이 안쓰럽다. 잘해줘야 한다. 우리나라 군필자 모두 다 잘

해줘야 한다. 장한 사람들.

그래, 사람이 누군가에게 잘해준다는 것은 내가 해주고 싶은 대로 휘두르는 것이 아니라, 상대가 원하는 대로 할 수 있게끔 토대를 마련해 주는 것이다. 선물도 그렇다. 내가 주고 싶은 것이 아닌, 상대방이 원하는 것을 준다. 말하지 않아도 헤아리는 사람이 된다. 사실은 매우 어렵지만 사랑하는 사람을 위해서 노력하는 사람이 되는 것, 주고 싶은 것을 내 마음대로 주지 않고 상대방이 원하는 대로 하게 해주는 것. 이번 동생 생일에 깨달은 선물의 본질이었다.

선물의 본질은 다름 아닌, 상대를 헤아리는 것이었다.

그동안 동생에게 말하고 싶었지만 차마 하지 못했던 말을 여기 적어본다. 마치 연예인들이 영상편지를 보내듯이.

"사랑하는 내 동생. 태어나줘서 고마워. 네가 내 동생이라는 게, 내가 너의 누나로 살아가는 게 항상 자랑스럽다. 앞으로도 이 세상, 서로에게 선물이 되면서 건강하게 든든하게 잘 헤쳐가 보자."

힘을 빼고 끝까지 본다

다시 시작해야지 하면서도, 재도전하지 못하는 운동이 있다. 스쿼시다.

스쿼시는 드라마나 영화 속의 남자 주인공들이 멋있게 땀을 빼는 빠르고 격렬한 운동으로, 그들의 단골 취미다. 그래서일까, 나도 스쿼시를 꼭 한번 배워봐야겠다고 생각했고 드라마 작가 지망생이었던 그 시절 열심히 배웠다.

스쿼시는 전신운동이라서 온몸에 균형을 잡아주고 유산소 운동과 근력운동을 골고루 시켜준다. 땀이 많이 나고, 힘들어서 단기간에 살을 빼려는 사람들이 택하는 운동이기도 하지만 나처럼 체력이 없는 사람이 택하면 순식간에 체력 수준이 올라가서 참 좋은 운동이다.

살도 좀 빼고 체력도 올리기 위해서 택했던 운동이었지만 사람의 욕심이라는 게 끝이 없다. 나도 체육관의 고참 선배들처럼 탕탕 소리를 내며 잘 치고 싶은데 잘 안 되니까, 코치 선생님께 비법을 묻기 시작했다. 선생님 하는 말이, "모든 것엔 왕도가 없다."라고 한다. "열심히 하는 수밖에 없는" 거라고.

그래서 나는 골반에도 어깨에도 힘을 꽉 주고 최선을 다했다. 있는 힘껏 치고, 재빨리 달려가서 또 치고 체력의 한계가 턱밑까지 올라와도 열심히 했다.

그러던 어느 날이었다. 코치 선생님이 나를 관찰하다가 이렇게 말을 걸어왔다. "왜 이렇게 손목에 힘이 많이 들어가요?"라고 하면서. 그렇게 대화가 시작되었다.

코치님 : 회원님, 왜 이렇게 손목에 힘이 많이 들어가요?

나 : 손목 힘이 세서 그런 거 아닐까요.

코치님 : 손목에 힘이 들어가는 건 힘이 없어서 그런 거예요.

나 : 근데 왜 저는 탕탕 소리가 안 나요?

코치님 : 손목에 힘을 주니까 그렇죠. 힘을 빼면 뺄수록 스피드가 오르면서 공에 맞는 힘이 세져야 소리가 크게 나는 거예요.

나 : 근데 제가 손목에 힘이 없다면서요.

코치님 : 손목에 힘을 가지고 있는 사람들은 라켓을 이렇게 꽉 쥐지 않아요. 회원님은 자체적인 손목 힘이 약해서 인위적으로 힘을 엄청 많이 줘요. 그러니까 스피드에 방해를 받게 되고 공을 끝까지 칠수도 없어요.

나 : 그럼 어떻게 해야 하는 거예요?

코치님 : 힘을 빼고 공을 끝까지 보고, 자신을 믿고 스피드 있게 라켓을 휘둘러요.

나는 코치 선생님의 시범에 탄성을 내지르면서 '힘을 빼고 공을 끝까지 친다는 것'을 '나를 믿고 빠르게 라켓을 휘두른다는 것'을 머리가 아닌 손목의 감각으로 이해했다.

아! 이런 거였구나. 그동안 내가 노력해도 되지 않았던 이유가. 코치님은 이렇게 말을 덧붙였다.

"오래 하면 나아지긴 할 텐데 당장에 방법은 없어요. 연습밖에는. 누가 라켓 안 뺏어가니까 힘 빼는 연습을 계속해야 해요."

다음 날 나는 앓아누웠다. 아마도 '힘 빼는 것'에 집중해 더 힘을 주었기 때문일 것이다.

그날 저녁 근육통으로 앓으며 내가 습작하던 드라마 대본의 인물들을 생각했다. 내가 만든 인물들이었지만, 그들은 꽤나 매력적이었고 진지했고 세상에 대한 열정이 있었다. 하지만 그들은 너무나 갑자기 상대방에게 빠져버렸다. 일명 '금사빠'(금방 사랑에 빠지는 사람)였다. 현실의 무수한 금사빠들도 울고 갈 만큼, 내가 그들에게 쥐어준 운명을 거부감 없이 성실하게 받아들였다. 감정이 고조되지 않은 채로, 그것도 우연을 계기로 급작스럽게 로맨틱한 감정에 사로잡혔다. 인물의 배경과 결말의 개연성에 대해서는 철저하게 설계했지만 감정선을 제대로 구축하지 못한 엉망진창의 대본이었다.

힘을 빼고, 끝까지 보고, 제대로 쌓아나가야 올바른 방향으로 나아갈 수 있다. 그렇지 않으면 엉망진창이 된다.

아무리 열심히 해도 결과가 마음에 들지 않았다면, 한 번쯤 다시 생각해봐야겠다. 내가 너무 힘을 주지 않았는지. 끝까지 보지도 않고 서툰 욕심을 부리지는 않았는지. 제대로 고조시키면서 쌓아 올려 나간 것이 맞는지.

옆에 있어도 그리운 것, 사랑

손현주 배우를 보면 아직도 이 노래가 생각난다.

"보고 있어도, 보고 싶은, 보고 있어도 보고 싶은~ 그대여"

1996년에 방영된, KBS 드라마 '첫사랑'에서 틈만 나면 불렀던 노래로 그때는 정말 저 멜로디가 유행이었다.

초등학교 때였는데, 학교에 가면 남자애들이 개다리춤을 추면서 저 노래를 불렀던 기억이 있다. 그런데 요즘, 사랑이란 딱 저 노래 가사와 같은 것이 아닐까 생각하고 있다. 그리고 진정 사랑을 하면 알게 된다. 옆에 있어도 당신이 그리운, 이 마음이 사랑이라는 것을.

어느 날 처음 사귄 남자친구가 이런 말을 했었다.

"너랑 헤어지게 되더라도 친구로 지내고 싶다. 아니, 원래 그랬던 것처럼 오빠 동생 사이로 남고 싶다."

제대로 된 연애를 해본 적이 없는 때였고, 그 사람과 만난 지 얼마 안 된 시기였기에 그때는 그 의미를 가늠하지 못했다. 그리고 그 말의 의미를 쉽게 왜곡했었다. 그런데 시간이 지나고 보니 그 사람은 나를 정말 사랑했던 것 같다. 그래서 연인으로서의 감정이 다 끝나도 나를 잃기 싫어서, 사람으로서의 나를 놓기 싫은 두려움에 미리부터 그런 말을 했던 것이 아닐까. 지금 와서 그런 뜻인지 물어볼 수는 없지만 정말 고마웠다고, 덕분에 감정을 주고받는 것이 얼마나 소중한지 알게 되었다고 말해주고 싶다.

그리고 '마음을 나누다' 보면 또 알게 되는 것이 있다. 어쩌면 기다림으로, 기약으로, 헤어짐으로, 간절한 그리움으로 '사랑'이라는 마음이 더욱 커지기도 한다는 것을.

떨어져 있는 시간이 감정을 키우기도 한다. 시간과 공간의 단절이, 제약이, 깊이감을 증폭시키기도 한다.

쓴 약을 먹고 사탕을 입에 넣으면 단맛에 취해 황홀경에 빠진다. 사탕이 제아무리 달아도 무한대로 단맛을 낼 수는 없을 것이다. 한계가 올 때까지 무작정 입안에 넣으면 입안이 헐어버린다. 사랑도 너덜거리며 끝이 난다.

그러니 그대 오늘 사랑하는 사람을 만나지 못해 괴롭다면 그 사람을 더욱 사랑하는 고귀한 시간이라고 생각하자. 쓴 약이라고 생각하자. 잔인한 그 사람 미워하지만 말고, 그렇게 위안 삼아 울먹거리는 마음 한자락 참아보자. 언젠가 내게 올 '사탕'인지 '사랑'인지 때문에 스스로 너무 상처 내지 말자.

옆에 있어도 그립고 떨어져 있어도 그립고, 결국에 사랑이란 늘 그리움인 것을. 더 나아가면 집착이다. 마음을 나누었으니, 옆에 무언가로 남지 않았어도 그 자체가 사랑이 아닐까.

괌, 사랑의 절벽, 누군가의 사랑이 끝났던 곳에서 달콤한 바람이 불었다.

추석, 소원

시간이 또 나를 속였다. 더디게 흐를 듯 느긋하게 굴다가 내가 모
를 어느 틈 어느 계절에 여러 번 저 달을 가득 채웠다.

내일이면 다시 가득 찬 완벽의 보름달이 만인의 시선을 한 몸에
받을 것이다.

그렇게 추석이 왔다. 사람들이 기름진 음식을 잔뜩 먹을 때, 당신
은 그 음식들을 함부로 먹을 수 없겠지만 어머니가 해주시는 집밥과
조카들 재롱에 행복할 수 있기를.

그런데 나는….

9월이 되고, 가을이 오고, 추석이라 온 가족이 모이는데도, 여태
봄의 절정에 있다. 당신과 헤어졌던 계절에 산다. 나도 잠시 혼자만
의 공간에서 벗어나 당신 생각을 조금이라도 잊어봐야지. 힘들겠지
만, 불가능하겠지만. 혼자서 당신을 사랑하는 이 시간을 또 견뎌봐야
겠지.

당신은 내게 백오십 살까지 살고 싶다고 했다. 글 쓰고 여행하며

온 세상을 돌아다니는 꿈을 꾼다고도 했다.

그건 아픈 당신이 내게 던지는 암호 같은 말이었는데 그때의 나는 멍청이라서 하나도 알아듣지 못했지. 오히려 현실성이 결여된 당신의 발언을 은근히 반박하며, 원하는 삶은 그리 쉽게 얻어지는 것이 아님을 증명하려고 했던 것 같다.

사실 당신이 바라는 삶이란 그저 건강한 삶, 아픔이 없는 하루. 그 하나였을지 모르는데.

지금 나는 미안하기만 해. 당신이 얼마나 아팠는지, 얼마나 아플지 앞으로 또 얼마만큼이나 아파야 하는지 알 수 없어서 미안해.

차례를 지내는 아버지와 남동생의 손놀림이 바빠진다. 이제 곧 술을 올리고 마무리를 할 모양이다. 그런데, 아버지가 조상님 영전의 술을 오늘만큼은 내가 올렸으면 좋겠다 하신다.

아버지는 내게 무슨 일이 일어나고 있는지 전혀 모르지만, 또 한편으로는 뭔가 알고 계시는가 보다.

"원하는 게 있거든, 할머니 할아버지께 얘기해봐." 하신다.

나는 정말 하고 싶은 이야기가 있었는지 아버지의 그 한마디에 답답한 가슴이 좀 뚫렸다. 그리고 최대한 단정한 옷으로 갈아입고 제사상에 술을 올렸다. 정성을 가득 담았다. 살아 계실 때 뵙지 못한 할머니 할아버지였지만, 어디선가 나를 보고 계신다면 내 마음의 소리를 꼭 들어달라 부탁하고 싶었다.

"딸아 같이 소원 빌자."

엄마가 밝은 밤 보름달을 발견하고 내 팔을 잡아끈다. 나는 소원 아닌 소원을 하루에 두 번 빌게 되었다. 섬광이 어찌나 밝은지 하늘에서 어떤 기술자가 합성사진을 걸어 놓은 것 같았다.

엄마는 내가 무슨 소원을 빌었는지 궁금해하셨다. 말할 수가 없어서 그냥 이렇게 말했다.

"예전에 내가 썼던 시가 생각이 나네."

도대체 무슨 소리인가 해서 엄마는 의아해하였지만, 나는 서둘러 내 방으로 들어와 침대에 쪼그려 누웠다. 내 휴대폰 사진첩의 시 하나를 들여다보았다. 대학 때 무려 장원했던 시라고 하며 내가 보여준 후로 그가 가끔 언급하던, 인상 깊어하던 시였다. 제목이 '9월'.

9월

서류가방 안에는 새파란 계단이 있습니다
땀 흘리며 나무 수레를 끄는 청년이 있습니다
아치형 창문 안으로는 핑크색 비눗갑이 있습니다
고린내 발 냄새 밑에는 숨은 개미 하나가 있습니다

개미는 청년의 얼굴을 바라보았습니다

상큼한 비누 향이 나무 수레에 가서 닿았습니다

계단을 오르다 창문 밖으로 고린내는 투신하고 말았습니다

파랗게 질린 땀은 서류가방 안에 가득 찼습니다

그는 거기에 있었습니다

그는 지겨웠나 봅니다

꺅! 어머! 핑크색은 어디에 있나요?

벌써 9월입니다.

내 시의 '9월'에는 핑크색이 없고, 내 삶의 9월에는 그가 없다.

나는 우리의 이별 앞에서 당신도 나처럼 아팠기를 바랐던 내 이기심을 질책하면서 조상님과 달빛 앞에 꺼낸 내 소원을 다시 읊었다.

'그 사람 아프지 않게 해주세요. 지금 제가 원하는 것. 그 하나입니다.'

초 심지가 이렇게 동글동글 꽃 모양을 하면서 타들어 가면
좋은 일이 생긴다는 이야기가 있다.

인연의 힘, 여전히 사람이 좋다

"그리워하면서도 한 번 만나고 못 만나게 되기도 하고 일생을 못 잊으면서 아니 만나고 살기도 한다."

피천득 시인의 수필 '인연'에 나오는 구절이다.

나도 '그리워하면서 한 번도 못 본 사람'이 있고, '우리가 과연 알고 지냈던가.' 하고 잊은 사람도 있다. 매일 만나게 되는 즐거운 사람들도 있고, 멀리 있지만 가슴으로 정을 나누는 사람들도 있다.

그중에서 내가 죽어도 잊지 못할 분이 있다. 아직도 이분과 나누었던 많은 이야기가, 내 마음의 방을 차지하고 있다.

이분은 내 첫사랑이자, 내 고등학교 시절 은사님이다.

선생님은 내가 졸업하던 해에 교단을 떠나셨기에, 그리워하면서도 쉬이 뵐 수 없었다. 그래도 선생님께 받은 영향들이 다부진 영양가가 되어 내 삶을 더 좋은 방향으로 이끌었다. 어느 날, 그분이 존경하는 사람을 나도 존경하고 싶어서 이렇게 여쭈었다.

"선생님이 가장 존경하는 사람은 어떤 사람이에요?"

"음… 삼인행필유아사(三人行 必有我師)라는 말 혹시 들어봤어? 논어에 나오는 말인데, 세 사람이 길을 가면 그중에서 내 스승 삼을 사람이 반드시 있다는 뜻이야. 그러니까, 사실은 누구에게나 배울 점이 있다는 뜻이기도 하고 누군가의 부정적인 행동에서도 저러면 안 되겠구나! 깨닫기도 하니까…. 존경할 만한 사람이 따로 있는 건 아니라고 생각해."

그때 선생님의 그 말씀 이후로 나를 둘러싸던 공기가 완전히 달라짐을 느꼈다. 스쳐 가는 사람들에 대한 소중함을 생각했다. 인연에 대하여, 교훈에 대하여 마음에 새겼다.

스스로 인복이 많은 사람임을 잊지 않는다. 그리고 그 생각을 종종 입 밖으로 꺼내는데 그러면 그럴수록 좋은 인연이 더 많아지고 있다. 세상에 완벽한 사람은 없어도, 내 곁을 지켜주는 좋은 인연은 늘 있었다.

금수저 흙수저 운운하는 물질의 세상에서 단 한 발 앞서기 위해 무수한 것들을 재고 따진다. 그러나 좋은 인연 앞에서 그보다 더 귀한 것은 없다.

그대가 이런 내 마음을 알아주지 않아도 좋다. 오래전 선생님이 주었던 영향으로 내가 줄기를 튼튼히 할 수 있었듯 그대 앞길에 작은 보탬이 될 수 있다면 나는 기꺼이 그대의 좋은 인연으로 남을 것이다.

사람에 상처받고, 울고, 아파도…. 나는 여전히, 사람이 좋다.

비서의 마음

"대리님, 혹시 우리 건물 난방 언제부터 시작되는지 알고 계시는 지요?"

타 부서 후배가 내게 회사 메신저로 이렇게 물어왔다.

꽤 쌀쌀해진 계절의 변화를 실감하면서도 나 또한 정확한 공지를 받은 것이 없어, 왜 그러느냐고 되물었다.

"왜? 사무실이 많이 추워?"

나의 직설적인 질문에 후배 하는 말이, 본인은 괜찮은데 부서장 이신 전무님 집무실 온도가 낮아서 걱정된다고 했다.

아! 그제야 감이 왔다. 후배는 부서에서 전무님 비서 역할을 겸하고 있었는데, 순간 그 마음이 읽혀 그냥 지나칠 수 없었다.

나도 지금의 직무를 맡기 전에는 비서실에 있었기 때문에, 보스의 추위에 안절부절 걱정하는 후배의 모습이 선하게 그려졌다.

모시는 분이 춥다 하면 내 마음이 더 춥다. 모시는 분의 마음이 지옥이면 내 마음이 더 괴롭다. 그런 마음을 저절로 가지게 되는 것이 비서의 자리였다.

"전무님께 따뜻한 차 한잔 넣어 드려."

곧바로 건물 종합통제실에서 난방 시작 일자를 확인하고, 오늘은 방법이 없으니 집무실에 따뜻한 차 한잔 넣어드리면 좋겠다고 메신저 답장을 했다. 한참이 지나 다시 답이 왔다.

"전무님이 엄청 좋아하셨어요. 따뜻한 거 드릴 생각은 못 했는데, 조언해주셔서 감사"하다는 내용이었다.

"아니야. 나도 예전에 그런 적이 있었어."라고 말하다가 옛날 생각이 났다. 지금은 퇴임하신 나의 예전 보스에 대한 생각이었다.

일 년에 두어 번 전화를 걸어 안부를 여쭙곤 했지만 요즘은 통 연락을 드리지 못했다. '댁에서 손주들과 즐거운 시간을 보내고 계시겠지.' 생각하다가 어린 손주들을 바라보고 계실 그분의 그윽하고 인자한 얼굴을 떠올렸다.

커다란 건물의 중앙 냉난방 시스템은 근무환경에 최적화되어 있지만, 365일 늘 완벽하진 못하다. 후배의 오늘처럼, 나의 그날처럼.

그날은 온 사무실이 전반적으로 추웠다. 아니나 다를까. 집무실의 투명 유리창 너머로 보스를 바라보니, 두툼한 손등을 호호 불면서 결재 도장을 찍고 계셨다.

나는 안 되겠다 싶어 편의점에 가서 흔들어 쓰는 핫팩 손난로를 두 개 샀다. 그리고 보스에게 내밀었다. 당시 유행하던 캐릭터가 그려진 탓인지 보스는 사양하다가 무표정으로 그 핫팩을 받으셨다.

그래도 내가 잽싸게 뛰어가 사다 드린 정성이 있는데, 보스의 그 표정이 자꾸 떠올라 내심 서운했다. 오후가 되고 보스가 담배를 한 대 태우고 오시더니 "이거 꽤 쓸 만하다. 후끈하네." 하고 말씀하셨다.

그제야 쌀쌀한 사무실 온도로 차가웠던 내 손발도, 보스에게 서운해 조금 얼어 있었던 내 마음도 조금씩 녹기 시작했다. 그때의 기억이 아직도 뚜렷하다.

그해 다른 겨울날이었다.

눈이 펑펑 오던 날. 하늘에서 제대로 함박눈을 내려 눈 폭탄이 무엇인지 하얀 겨울왕국이 무엇인지 확연히 알려주는 날이었다.

사람들은 퇴근길이 혼잡해지는 것을 많이 걱정하였다. 나도 그날 구두 신고 온 것을 걱정하며 길이 미끄럽지 않을까, 넘어지지 않을까 앞서서 걱정하였다. 그리고 평소 운전하며 출퇴근하는 보스가 어찌 집에 가실지 걱정이 되었다.

어느덧 퇴근 시간이 되고 보스는 평소와 같이 코트에 차 열쇠를 챙겨 퇴근하신다. 조심스레 여쭈었다.

"오늘 눈이 많이 와서 길이 미끄럽고, 또 도로 정체가 심할 텐데 차를 두고 가시는 건 어떨까요?" 하고.

보스는 '이 정도쯤이야.' 하는 표정으로 대수롭지 않게 나가셨다.

그리고 십오 분쯤 지났을까, 갑자기 느껴지는 진동에 휴대폰을 보니 보스가 전화하셨다. 퇴근 후 내게 직접 전화하심은 흔치 않은 일이다.

놀라서 받으니, "얘~ 길이 많이 미끄럽긴 하다. 허허. 너도 조심해서 가거라." 하신다.

그 한마디에 참 많은 것이 느껴졌다. 비서의 조언대로 할 것을 인정하며 또 약간 후회하며 조심해서 가겠노라 안심시키는 말이기도 하고, 내가 본인에게 마음 써드린 것을 고맙다 표현하신 것이기도 하고.

보스는 내가 삼 년 가까이 모시면서 참 많이 존경했던 분이다. 청렴하며 강직하고 진정이 아니면 입도 떼지 않는 분. 그런 분의 그 한마디가 내 마음에 얼마나 깊게 다가왔는지 모른다.

그분은 99퍼센트가 옳아도 1퍼센트가 아니라면 그 다름을 인정하는 분이었고, 권위가 아닌 혜안으로 주변을 밝히는 사람이었다.

그분의 곁에서 일할 수 있었음은 지금도 내게 행복이다.

비서의 마음. 후배가 보스의 추위에 안절부절못했던 그 마음. 그건 그를 대신해 누군가 적당히 흉내 낼 수 없는 마음이었다.

세종대왕께서 이런 말씀을 하셨다고 전한다.
"하늘의 뜻을 사람이 돌이킬 수는 없으나, 인력으로 할 수 있는
것은 마음을 다해서 하라."
마음을 다해서, 마음을 나누자.
세상에 태어났으니 나의 온기는 남기고 떠나야지.

너는 소중하단다

중학교 2학년 때 담임선생님께 이런 말을 했었다.

"선생님, 세상 사람들 키는 다 똑같았으면 좋겠어요. 얼굴은 어차피 다 다르니까 키는 똑같아서 키 때문에 스트레스받지 않았으면 좋겠어요."

선생님도 나도 키가 작은 편이었으니, 선생님은 내 말에 긍정적으로 응답할 줄 알았다. 그런데 그녀는 아니었다.

"키가 다 똑같으면 무슨 재미가 있어. 제각각이니까 재미있는 세상이지. 제각각이라서 소중하고 세상 사람 모두 다 달라서, 너는 소중하단다."

정확한 기억은 아니지만, 선생님은 내게 그런 말씀을 해주셨다. '너는 소중하단다.'라는 고귀한 말씀을 주셨다.

시간이 흘러서 이와 비슷한 말을 다시 듣게 되었다. 삶에 바닥이 있다면, '그 바닥을 경험하는 순간이 지금일까?' 하는 아픔을 겪었던 때였다. 나에게는 격동의 한때, 한 친구가 해준 말이 기억난다.

"아픈 시간도 결국엔 다 지나간다. 흘러가는 대로 그냥 두자. 이 것 또한 아무것도 아니다. 너는 매우 소중한 아이야. 아파도 굶으면 안 돼. 우리 나이에 굶는 건 안 돼."

친구가 보내준 하트 이모티콘과 절실한 그녀의 언어에, 나는 지하철 한가운데서 폭포 같은 눈물을 쏟아내었다. 그리고 집에 가는 길에 과일을 샀다. 도저히 밥을 먹을 자신이 없어서. 과일이라도 잔뜩 먹자는 생각에. 나는 소중하니까. 나는 굶으면 안 되니까.

우리는 가끔, 자기 자신을 타인의 들러리로 전락시킨다. 누가 그렇게 한 것이 아니라 자기 자신이 기어코 그렇게 만들어낸다. 내 잘못이 아닌데, 스스로를 자책하고 원망한다. 또 세상의 주변부로 살아가며 '내가 재미있는 일이 아니라 남이 재미있을 일'에 귀를 기울이고 서성인다.

우리는 모두 내 삶의 주인공으로서 소중하다. 설령 내가 누군가의 들러리처럼 느껴질지라도, 한 번씩 나 자신에게 말해주어야겠다. '너는 소중하단다'라고 말이다.

한때는 나를 최고로 여겼던 사람들이 모두 나를 배신하고 내 곁을 떠나도, 누군가 나의 소중함을 모르고 나를 버려도, 나의 가치를 평가절하하고 추락시켜도 잊지 말지어다.

나는 소중하다. 그 누구도 아닌, 바로 나라서. 세상에 단 하나뿐인 나라서.

나를 버티게 하는 것이, 나를 지배한다

휴일 오전, 뇌는 이미 잠에서 깨어, 있는 대로 활성화되었다. 하지만 몸은 꼼짝하지 않고 누워 있다. 내 정신상태는 육체에게 계속해서 신호를 보낸다. 일어나서 씻고, 밥 먹고, 제발 좀 움직이라고.

그런데 그 신호는 보통 이삼십 분쯤 무시되다가 외부의 강력한 자극이 있거나 스스로 정말 추레하게 느껴져야만 벌떡 일어나 반응한다.

외부의 자극은 대개 이런 것이다. 가족 중 누군가가 밥 먹으라고 강제로 소환한다거나, 약속 시각이 임박했다거나 하는 것들. 이렇게 자극받아 일과를 시작하면 뱃속 내장지방 한복판이 뭔가 답답하고 찝찝한 것이, 저녁 무렵까지 개운치가 않다. 그런데도 그다음 휴일이 되면 마치 데자뷔처럼 정신이 보내는 신호를 무시하고 이불 속에서 볼을 비비며 '조금만 더 나태해질 것을 묵인하는' 나를 발견한다. 참 징그럽다.

그러고 보면 정신이나 영혼이 육체를 지배하는 것이 아니라 육체의 관성에 의해 지배당한다고 느껴질 때가 있다. 이를테면 오늘은 출근길로 향하지 않고 다른 목적지에 가기 때문에 지하철을 반대로 타야 하는데 몸이 나를 같은 방향으로 이끄는 경우다.

또 글을 쓰려고 컴퓨터를 켜놓고는 목적을 상실하고 인터넷 쇼핑을 하고 있을 때. 운동하러 헬스장이나 문화센터로 향해야 하건만 내 발이 저절로 집을 향한 귀소본능을 보일 때.

이럴 때는 여실히 육체가 정신을 지배한다.

그래도 나는, 정신이 육체를 지배해야 한다고 생각한다.

한계상황에서 육체는 정신을 다스릴 수 없지만, 정신은 육체를 통제할 수 있다. 이것이 '정신력'이라는 말이 존재하는 이유가 아닐까.

얼마 전 TV에서 '1박 2일(KBS)' 재방송을 보았다. 화질이 또렷하지 않았고 멤버 구성을 보았을 때, 시즌 1 초창기 방송인 것 같았다.

이들은 겨울 설악산 종주를 시도했는데, 우여곡절이 많았지만 결과적으로는 한 명의 낙오자도 없이 모두 성공했다.

프로그램은 이들에게 '한계를 희망으로 극복했다.'라고 찬사를 보냈다. 그리고 출연자들은 서로를 따뜻하게 안아주었다. 산꼭대기 대피소에 모여 앉아 언 발을 녹이며 담소를 나누는데, 이승기가 하는 말이 웃기면서도 무섭다. 글쎄, "조상님을 네 분 뵈었다."라고 한다. 얼마나 힘들었을까. 출연자와 스태프 모두 프로정신과 투지로 버텨낸 성과였다.

멤버들은 다음 날, 대청봉에서 일출까지 무사히 본다.

구름은 그들의 발아래 있었고, 온 세상은 그들의 시선 아래 겸손히 있었다. 육체적 고통을 정신력으로 버텨낸 그들만이 누릴 수 있는 풍경이었다.

올림픽이나 월드컵이 끝나면, 사람들은 주목받은 선수들이나 메달을 쟁취한 선수에게 관심을 가진다. 대부분은 우리가 이들에게 관심을 가지는 이유는 육체의 한계를 뛰어넘어 그 정도의 성과를 내기까지 얼마만큼의 노력을 쏟아부었을지 가늠하기 때문이 아닐까.

예측하려 하지 않았지만 예측되는 피땀도 있다. 얼마나 많은 시간 힘들게 여기까지 버텨왔을까. 무엇보다, 그들은 공정하게 여기까지 왔다.

시간은 때로 사람을 뛰어넘고, 사람은 때로 시간을 뛰어넘는다. 우리가 '스포츠 정신'이라 부르는 그것. 육체의 고통을 뛰어넘은 정신의 승리이다.

만약 어느 휴일 아침, 뇌는 진즉 정신을 차렸지만 몸이 움직이고 싶지 않았던 그 순간 '오늘은 아침부터 밤까지 아무것도 하지 않고 푹 쉬는 날'이라고 내가 정했다면 어땠을까. 애초부터 계획된 일과를 내가 실천하고 있는 것이었다면, 아마 찝찝하고 답답하지 않았을 것이다. 널브러져 있기를 소망하는 육체에 지배당한 것이 아니라, 멀리 걸

기 위해 쉬어가는 현명한 정신의 계획적 휴식이었다면

　나를 버티게 하는 것이 나를 지배하게 된다고 믿는다. 그러기 위
해서 나를 버티게 하는 것은 육체보다는 정신에 가까워야 즐겁고 개
운하게 살 수 있을 것만 같다.

나의 정의가 타인을 찌르지 않도록

베르나르 베르베르는 그의 작품 '파라다이스'에서 정의에 대해 이렇게 서술한다.

"사람들이 정의를 원한다고 우리는 교육받았지만 그건 틀렸어, 진짜로 정의를 원하는 사람은 아무도 없어, 정의란, 추상적인 개념에 불과해, 사람들에게 결단을 내리라고 하면 말이야, 그러니까 '피해자를 지켜줄래, 아니면 그냥 편안하게 살던 대로 살래?' 고르라고 하면 말이야, 아무도 망설이지 않아, 사람들이 원하는 건 무엇보다도 조용하게 사는 거란 말이지, 내일도 어제처럼, 그날이 그날같이."

그래, 어쩌면 사람들은 그날이 그날 같은 일상의 자유를 누리고 싶어 한다. 그것이 곧 파라다이스일지도 모르겠다. 하지만 나도 모르게 주먹이 불끈 쥐어지는 순간이 있다. '이래서는 안 되는데, 뭔가 잘못되고 있다.'라고 판단하는 그런 순간이다. 한마디로 정의롭지 못하다 느낄 때, 주먹을 꽉 쥐게 된다.

사람들은 스스로 '정의'라고 믿는 행동 강령에 따라 움직이고 그 정의를 지키기 위해서 살아간다.

스스로 정의를 한다고 믿는 순간, 사람은 누구나 용감해진다. '편안하게 살던 대로 사는' 것도 무언가를 지키기 위한 것이고, 피해자를 구제한다는 사명감이나 내 안의 정의로움이 불끈 일어나 참을 수 없는 뜨거움으로 행동하는 것도 모두 뭔가를 지켜내기 위함이다.

'정의'가 내포하는 세계는 거대할 수 있지만, 거창하게 생각하진 말자.

내 생각에 정의란 '꼭 살아남아야 할 그 무엇을 살려 나가는 힘'이다. 내게 소중해서, 꼭 살려내야 하는 지켜야 하는 그 무엇이 있다면 그게 '나의 정의'다.

단 정의를 내세우기 전에 절대 간과해서는 안 될 사실이 있다.

정의의 기준은 저마다 다르다는 것. 내 기준의 정의만 내세우면 나도 모르게 타인을 찌를 수 있다. 내 정의가 다른 사람의 몸과 마음을 찌르지 않도록, 정의의 상대성에 대해 늘 염두에 두어야 한다. 그리고 그 정의로움이 때로는 의도치 않게 나를 흠집 내어 피를 흘리게 할지도 모른다. 그래서 나는, 우리 집 냉장고에 이렇게 붙여놓았다.

"나의 정의가 타인을 찌르지 않도록 그리고 그 정의의 칼이 나 또한 찌르지 않도록 굽어살피소서"

언제나 나의 정의가 바른 방향을 향하여, 내게 소중한 많은 것들을 지켜낼 수 있다면 좋겠다.

우리 인생의 어떤 페이지

책을 읽다 보면 어딘지 모르게 페이지를 넘기고 싶지 않을 때가 있다. 그 페이지는 나를 잡아끌고, 나를 놓아주지 않는다. 나 넘어가야 하는데, 다음 장으로 넘어가야만 하는데, 왈칵 눈물을 남기거나 한 번도 느껴보지 못한 그런 느낌 주거나 문득 생각나는 사람 있어서, 나는 다음 페이지를 들추지 못한다.

그런 페이지가 있었는데, 누군가 나를 부르는 소리에 나도 모르게 그 페이지를 넘겨버리고 말았다.

책은 이전의 페이지로 다시 돌아갈 수 있지만 내 시간의 페이지는 그리로 되돌릴 수 없어, 지금 나는 조용히 이 자리에 서 있다.

살아있지만, 숨을 쉬고 있는지는 잘 모르겠다. 그래도 분명한 것은 내가 살아있다면 다시 만날 수 있을 거라는 사실이다.

우리를 멈추게 하고, 또 달리게 하는 그 페이지를 향하여, 그 페이지를 만나러⋯. 인생의 페이지를 묵묵히 넘기고 있다.

그대가 오랫동안 책 속에 파묻혀
구하던 지혜
펼치는 곳마다 환히 빛나니
이제 그대의 것이리

– 헤르만 헤세

<2부>

바람 불지 않는 이별이란

없었다

차라리 당신이 죽었으면 좋겠어

매일 그녀를 죽이는 꿈을 꾼다고 했다.

대학 때 무서운 호랑이 선배가 있었는데, 의외로 사랑꾼이었다. 그 선배가 여자 친구와 헤어진 후 그런 말을 했다. 여자 친구가 밤마다 자신의 꿈에 찾아와 죽는다는 것이었다.

선배는 여자 친구를 살리려고 갖은 노력을 다했는데도 살릴 수가 없었다고. 하루는 이래서 죽고, 하루는 저래서 죽고. 매일 눈물로 호소하고 제발 오늘은 여자 친구를 살려 달라고 자신이 대신 죽게 해 달라고 그렇게 빌었는데도 어김없이 매일 죽었다고 했다.

한참 뒤에 이유를 알 수 있었다. 아픈 사랑의 병이었다. 너무 보고 싶은데, 만날 수가 없으니까. 너무 사랑하는데 함께하고 싶은데, 더는 같은 하늘 아래 연인일 수 없으니까. 그녀를 꿈에서 죽임으로써 평화를 얻는 무의식의 심리적 병변을 가진 것이었다.

아주 가끔은 나도 그리움을 삼키지 못하고 "차라리 당신이 죽었으면 좋겠다고" 생각한 적이 있었다. 그렇다면 적어도 당신을 보고 싶어 하는 부끄러운 내 발걸음은 멈출 수가 있을 테니까.

아니, 실상 나를 사랑하던 그때의 당신은 이미 죽은 것이 맞다. 겉은 완벽하게 당신과 같은 모습을 하고 있겠지만 속은 완전히 달라졌다. 나도 그렇다. 겉은 같아 보이겠지만 속은 철저하게 달라졌다. 당신이 살아있어도 사람들 눈에 같아 보여도 실체는 전혀 다른 사람이다.

당신은 죽었다. 우리는 서로를 죽였다.

술의 유혹을 뿌리친 아침에

악마가 나를 괴롭히고 싶을 때는 두 가지 생각을 보낸다.

하나는 너에 대한 미칠 듯한 생각들이고, 하나는 술에 대한 생각이다. 하지만 그 둘은 결국 같기에 가까이해서는 안 되는 것이고, 악마의 유혹은 그토록 뿌리치기 어려운가 보다.

술은 사람의 자제력을 잃게 한다는 걸 알아서, 그날 이후로 나는 한 모금도 입에 대지 않았다. 그러다가 너를 향한 갈증이 너무도 커서 결국 다 마셔버렸지. 술을 제외한, 당신을 향했던 모든 것들.

밤새 내 방에 남았던 너의 모든 흔적을 찾고 또 찾아서 지우고, 감정의 실오라기는 다 삼켜버렸어. 그래도 잘 버텼어. 길고 길었던 밤이 모두 다 지나고 이렇게 아침이 왔거든.

그런데 잠들지 못한 내 눈빛이 허공에 둥둥 떠서 나를 또 걱정해. 악마는 매일 밤 계속 찾아올 테니까. 내일은 유혹을 이기지 못하고 결국 내가 삼켜지는 파국을 맞을까 봐서.

서울 문래동, 어느 식당에서

술을 마시고 싶을 때는 물이 술이라고 생각했다.

그럼, 생각만 취할 뿐, 내 전화기는 취하지 않을 테니까.

무엇을 놓쳤기에, 돌이킬 수 없어졌을까

사건에는 전조증상이 있고, 전쟁에도 서막이 있다.

어떤 일이 일어나기까지 우리는 많은 것들을 놓치고 지나간다. 결국은 리스크 관리를 제대로 하지 못했기 때문에, 대부분의 엄청난 일들이 인간의 삶에 직격탄을 날린다.

'인생은 한 방'이라 하지만, 어느 날 갑자기 한 방에 뭔가 폭탄처럼 터지거나 한 방에 눈 녹듯 해결되는 일은 거의 없다.

사실은 이별에도 전조증상이 있었는데, 남의 이별이 아니라 내 것이어서 이유를 알 수 없었다. 내가 무엇을 잘못했을까 곱씹어 보았지만 쉽사리 이유를 가늠하기 어려웠으므로 진단명도 내려받지 못한 불치병 환자처럼 바닥 깊이 고통스러웠다.

확인하고 싶었다. 누군가, 사람을 좋아한다는 것은 '그 사람이 좋아하는 일을 99가지 행하는 것'이 아니라, '그 사람이 싫어하는 일 1가지를 하지 않는 것'이라고 했다. 그래서 눈치를 살피던 나의 불안한 눈빛들이 쌓여가며 이별의 석탑을 완성했던 건 아닐까 하는 생각마저

들었다. 그게 얼마나 공을 들인 탑이건 나는 컨트롤 Z(컴퓨터에서 실행 취소를 의미하는 단축 키)를 눌러버리고 싶었다. 차라리 처음부터 시작할 수 있다면, 석탑을 다시 만드느라 허리가 휘어도 좋았고 지문이 다 닳아도 좋았다.

돌이켜진다면 절대로 놓치지 않을 것이다. 남의 이별처럼 분석하고, 태풍의 눈처럼 고요하게, 그 중심부에서 심장을 향해 이별을 저격할 것이다. 환자복을 입게 되더라도, 집요하게 진단명을 받아낼 것이다. 그리고 끝끝내 완치 판정을 받고 다른 이름의 석탑을 완성할 것이다. 단 한 번 돌이킬 수 있다면.

도심의 에스컬레이터,
내리막만 있지는 않았지.
저 너머에서 본다면 오르막이었어.

헤어진 다음 날에도 살아야 한다

작가 지망생이었던 나는, 글이 써지지 않을 때 '지금 짓는 글'의 상황을 겪은 이를 억지로 찾아내 그때의 감정을 캐내고 대화를 베껴내어 글을 만들어냈었다. 예를 들면, 남자에게 배신당한 여자의 울분을 표현할 때 그런 시련을 겪은 친구를 찾았던 거다.

사랑을 몰랐던 어린 시절에는 이별의 통증이 목젖에 켜켜이 쌓여가는 그 느낌을 상상하고 또 상상해서 글을 지어내곤 했었다. 사랑이란 무엇일까 골몰했었고, 이별의 고통이 무엇이기에 그토록 수많은 연인을 눈물짓게 하는지 궁금했었다.

시간이 지나고 사랑이란 무엇인지 어렴풋이나마 알 수 있는 나이가 되면, 사랑 비슷한 것만 나누어도 이렇게 아프게 될 것을.

사서 고생한다는 말을 이해하면서도 사랑에 대해서는 그럴 필요가 전혀 없는 것 같다. 왜 그렇게 미리부터 기웃거렸을까. 이제는 만남과 헤어짐을 알지 못하는 것이 커다란 축복이 아닌가 싶기도 하다.

회사에 다니면서, 예전처럼 스토리가 있는 글을 쓰지는 않지만 나는 이제 헤어진 다음 날의 사람을 누구보다도 잘 그려낼 수 있다.

그와 헤어진 지금, 내 글은 감정의 풍요 속에서 어떤 상황을 만나거나 어떤 장면을 겪거나 서핑보드에 몸을 맡긴 선수들처럼 역동한다.

저절로 글이 써지는 상황이란 이럴 때이다. 어떻게 이럴 수 있을까. 삶의 비극이 이토록 이로울 수 있다는 것은 너무한 슬픔이 아닌가. 적어도 나에게는.

일과를 마치고, 동네 어귀에 들어서면 저기 멀리서 불빛을 깜박이는 차가 당신의 차이기를 바란다. 그리고 일을 하다가도, 혼자 시간을 보내다가도 열두 번씩 바뀌는 나를 발견하고 낯설어진다. 괜찮았다가 안 괜찮았다가.

정말 까마득하게 그 사람을 잊은 것 같았는데 문득 벼락이라도 맞은 듯이 떠올리고는 아파하고 숨이 멎을 듯 눈물을 쏟아낸다.

어떻게 해야 이 시간이 빨리 지나갈까. 이렇게 기다릴 날들이 하염없이 흘러서 어디가 부딪혀야 당신 마음에 닿을 수 있을까. 허공에 대고 아무리 외쳐도 당신에게 닿지 않을 것을 알면서도.

차창 너머로 새가 날자 빗방울이 후드득 떨어졌다.

새가 눈물을 흘린 줄 알고, 서러워져 내가 울었다.

들리지 않겠지만 생일 축하해

이별을 실감하는 날은 매일 매 순간이기도 하지만, 그 타격감이 큰 날은 '생일' 같은 특별한 날이다.

내 생일에는 그래도 괜찮다. 제법 괜찮은 세상에 사는 덕분에 제법 많은 사람이 반강제적으로 내 생일을 알게 되고 반쯤은 등가교환의 법칙에 따라 '기프티콘'으로 성의의 축하 인사를 나눠주곤 하지 않던가.

그가 없어도 나는 제법 괜찮은 생일을 보낼 수 있노라 위안 삼을 수 있다.

그런데 상대방의 생일날. 누가 시키지도 않았는데 아침에 눈을 뜨자마자 그 사실이 번개처럼 뇌관을 관통한다면 기분이 참 이상하다.

내가 사라진 그의 삶에 그가 특별한 날을 맞이했다. 태어나줘서 감사한 그의 삶인데, 그의 생일을 나는 축하할 수 없다. 직접 축하해주고 싶었는데 그러지 못할 것 같다. 어쩌면 영원히.

그래서 그날은 아침에 일기를 썼다.

"항상 기억될 것만 같아, 슬픈 오늘을 혼자서 축하하고 기념해봐. 여기 이 아침에, 다짐 같은 일기를 적고 하루 동안 당신 생일이라는 걸 잊어보려 해. 내 마음도, 지나간 우리의 시간도 바람결에 흔들리는 엉성하게 세워진 촛불 같다. 당신이 오늘 저녁 선물 받은 케이크 위에 놓일 연약한 촛불처럼 말이야. 부질없는 나만의 축하, 위태롭고 보잘것없어서 당신에게 닿지 않겠지만. 절대로 들리지 않겠지만. 사랑해. 생일 축하해. 태어나줘서 고마웠었어."

이로운 이별이라는 게 있지

To. 사랑하는 내 동생에게 (부제: 동생의 이별에 아파하며)

누가 초콜릿 하나만 사줘도 온종일 행복하던 때가 있었어. 그런데 이제 초콜릿 달아서 잘 안 먹어. 쓴 커피도 잘 마시고, 어지간히 특별한 일이 아니면 기쁜 감정이 잘 생기지 않아. 놀이동산에 가본 지가 언제인지 모르겠어. 회전목마를 타러 가면 예전처럼 까르르 웃을 수 있을까?

과거에 나는 여리고 약했어. 뭘 잘 몰랐었고, 아무 일 없어도 스치는 바람에 옷깃만 나풀거려도 눈물이 날 것 같은 날이 있었어. 그런데 이제 누군가 나를 미칠 듯 화나게 해도 어금니 꽉 깨물고 웃을 수 있어. 그렇다고 내가 어른이 된 건 아니겠지. 나이 먹어 어른이 되어가는 게 반드시 좋은 것도 아니고.

살다 보면 죽을 것 같은 이별도 있더라고. 그 구렁텅이에서 헤어나오지 못했던 날들도 있었어. 그런데 이제 타인의 이별을 보면 현명한 이별이라는 게 보여. 이별 후에 일어날 일들이 얼마나 찬란하게 빛날지 알 수 있으니까.

한순간 차가워져라. 사랑하는 내 동생.

이별은 너를 어른으로 만들어 준 담배보다, 군대보다, 학교보다 이로운 과정일 테니.

차갑게 얼어서 그냥 부서져도 좋아. '얼음꽃', '눈꽃'이 어딘가 닿는다면 반드시 촉촉해질 것이고, 그 촉촉함이 새싹을 틔울 테니.

누군가로 인해 기뻐했다면, 눈물 흘렸다면 그 자체로 감사하자. 차가운 이별이 너를 찬란하게 해줄 순간을 고대하면서. 누나가 함께 할게.

데코레이션 케이크
달콤한 것들이 늘 이로운 것은 아니었지. 아마 …
그래서 어른들이 어르신이 되어갈수록 단 것을 싫어하시는 걸까 생각한 적이 있었다.

기억은 한쪽으로만 흐른다

. . . .

어린 시절 주말 늦은 밤이면, 내 마음을 들었다 놨다 했던 외화가 있다. '판관 포청천'이라는 대만 드라마인데, 송나라의 실제 정치가였다는 '포청천'의 엄중한 판결을 보는 재미가 있었다. 그중에서도 백미는 악인이 '개 작두형'에 처할 때였다.

똑같이 사형선고가 떨어져도 '용 작두'에 처형당할 때와 '개 작두'에 목이 날아가는 것을 다르게 그린 이 드라마는, 진정한 악인이 악인으로 '제대로' 평가받을 때 묘한 카타르시스를 느끼게 했다.

포청천이 "개 작두를 대령하라!"라고 명할 때, 우리는 알 수 있었다. 형에 처할 때 그 사람의 인생과 죄를 명백히 단정할 수 있었다.

인생이라는 무수한 길을 걸어가는 우리는 여러 관계의 많은 사람을 만나고 영향을 받으면서 살아간다. 그러다가 이어질 듯 끊길 듯 관계의 매듭이 지어지고, 인연이 끊기면 한 번쯤은 상대방에 대해 단정 짓게 된다.

어떤 스승이었는지, 어떤 부모였는지, 어떤 동료이며 상사였는지. 서로에게 감정의 크기가 어떠했었는지까지도.

판단 짓고자 하지 않아도 저절로 알게 되는 것들이 있다. 마치 판관 포청천이 '용 작두'와 '개 작두'를 구분하는 것처럼.

어쩌면 연애도 그러하다. 상대에 대한 내 사랑이 얼마만큼이었는지, 우리가 사랑한 것인지 그저 연애 상대로 만나는 사이였던 것인지. 아니면 그 중간 어디쯤 위치해, 감정의 고귀함도 함께 그렸던 미래도 딱 그 중간쯤이었는지.

내 경우는 연애가 끝나면 후련했고, 사랑이 끝나면 아팠다. 그리고 헤어지고 나서 시작되는 사랑도 있었다. 그래서 끝나봐야만 알 수 있다. 기억이 어떻게 단정 지어질지도 관계가 매듭지어져야 알 수 있다.

연인 사이가 아닌 다른 인간관계에서도 호감과 사랑이 달랐다는 것은 기억을 통해서 알 수 있었다.

기억은 늘 한쪽으로만 흐른다. 기억은 애정과 비례하기 때문이다.

뇌리에 남지 않은 순간을 행복했노라 고백하는 사람은 없다. 그리하여 모든 사랑은 흔적을 남기고, 기억의 극대화를 누린다. 기억이야말로 따지고 보면 불공평하기 짝이 없다.

그래서 나는 이따금 기도한다. 나와 맞닿아있던 많은 사람의 기억이 나를 미화하고 왜곡하여 여기 숨 쉬는 나보다 더 나은 사람으로 담아두기를.

우리의 마지막이 매듭지어졌을 때, 나에 대한 기억이 그들의 삶 어딘가 남아있다면 조금이라도 따스했기를. 혹여 나보다 내 글을 기억해준다면, 추운 겨울 시장 모퉁이에서 파는 달콤한 팥죽처럼 뜨겁고도 애잔한 알맹이가 있던 존재로 마음 한구석에 담기기를.

우산을 써도 막지 못하는
빗방울이 있었어

내내 비가 오기를 기다렸다. 기우제를 지내는 것 같은 간절한 마음은 아니었지만 비가 오면 유독 내 생각이 난다는 당신의 말이 일말의 기대를 하게 하였기에, 나는 비를 기다렸다.

졸졸졸 창가를 흘러내리던 빗줄기가 거세지며 우르르 쾅쾅 소리를 내면, 잘 알지도 못하는 '베토벤의 운명 교향곡'을 생각했다.

운명이 있다면 우리는 지금 같은 길을 향해 가고 있을까, 아니면 정반대의 방향으로 내디디고 있을까.

이미 등을 돌리고 걷기 시작했지만 목적지가 같다면 다시 만나게 되진 않을까. 비가 내리는 동안, 나는 내가 어쩔 수 없는 내 운명에 대해 비관도 낙관도 하지 못했다.

결론이 나지 않는 내 생각의 꼬리들처럼, 그칠 듯 말 듯한 비는 그치지 않았다. 우산을 썼지만, 막지 못하는 빗방울이 있었다. 소리 없이 와서는 내 발끝이며 어깨를 흠뻑 적셔버렸다.

어쩌면 그 사람을 향한 내 마음도 그랬다. 막지 못하는 것이었다. 저절로 적셔지는 마음이었다.

하지만 내내 보고 싶었고 어디 있는지 알고 있으니 만나러 갈 수 있었지만, 끝내 가지 못했다. 막지 못한다고 해도, 비가 오면 당연히 우산을 써야 하는 것처럼 어딘가로 향해서는 안 되는 마음이 있었다.

강렬한 사랑은 판단하지 않는다

　대학에 가기 싫었다. 공부를 왜 해야 하는지, 이유를 찾기 어려웠다.

　대학에 간다고 해도 그 세계에 발을 들여야만 내가 원하는 삶을 살 수 있을 것 같지는 않았다.

　세계사 연보와 지구 과학의 역사, 그리고 살면서 몇 번이나 쓸까 싶은 삼각함수 같은 것들이 내 삶의 시간을 방해하는 그 느낌이 싫었다. 그러면서도 인생의 패배자나 낙오자 타이틀은 가지기 싫어서 '공부 못한 애' 소리는 더 싫어서 딱 중간만큼만 공부했다.

　그렇게 고등학교 시절 내내 나를 지배한 것은 대학에 가야 한다는 그것이 아니라 다른 것이었다. 작가가 되는 것이었고, 구체적으로는 '심장을 저당 잡힌 사랑 이야기'를 그려내는 드라마를 만드는 것이었다.

　왜 내게 심장이냐고 질문한다면, 대답은 '순수'에 있다.

　심장이 기능을 멈추면 육체의 온기도 영혼의 움직임도 모두 소멸

한다. 그래서 내 심장이 내 것이 아닌 사랑. 전부가 타인을 향하여 몰입하는 순수한 사랑을 그려보고 싶었다. 그 끝이 혹여 파멸일지라도.

수학 비전공자가 삶에서 미적분을 유용하게 써먹을 확률이 얼마나 될까? 그처럼, 이런 사랑을 만날 확률도 매우 희박할 것이다. 그런데 있었다. 내가 그려내고 싶던 사랑과 유사한 그 사랑을 영화에서 만났다. 영화 '인간중독'(송승헌, 임지연, 조여정 등 출연, 김대우 감독 작품, 2014년 개봉)이었다.

각자 배우자가 있는 사람 둘이 전쟁 후 후유증처럼 돋아난 사랑으로 가슴 아파하는 영화인데, 이 영화를 보고 나서 한동안 나도 가슴이 아팠다. 후유증을 앓았다. 촉망받는 군 교육대장 김진평(송승헌 분)은 수완 좋은 부하직원 경우진(온주완 분)의 아내 종가흔(임지연 분)을 처음 본 순간 운명처럼 사랑에 빠진다. 그리고 이룰 수 없는 사랑에 절망하며, 급기야 자신의 가슴에 총구를 겨눈다.

그 한 발의 총알이 이 남자를 죽음에 이르도록 만들지는 않지만, 그는 총알에 모든 것을 걸었고 그것으로 전부를 잃었다. 심장을 건 사랑이었다.

남자: 한 가지만 물어보려고. 나 사랑했어?

여자: (끄덕)

남자: 지금은? 지금도 사랑해?

여자: 나, 자기 사랑해요.

남자: 나, 사실은 월남 안 가. 내가 무슨 낯으로 군에 남겠어. 아니 그래서 말인데, 나랑 같이 떠나지 않겠어? 지금 대답하지 않아도 돼. 내가 먼저 가 있을 테니까 나중에 와. 응?

여자: 다신 자기 망치지 않을 거예요. 그리고 그 정도로 다 버릴 정도로 자기 사랑하지 않아요.

남녀: (서로 바라보며 눈물 흘린다.)

남자: 난 말이야. 당신을 안 보면 못 살 것 같아. 잠도 안 오고, 아무것도 먹히지도 않고, 그리고 숨을 못 쉬겠어. (가슴 치며) 여기가 막혀서 살 수가 없어. (주머니에서 총을 꺼내 자신의 심장에 쏴 버린다.)

쓰러진 그의 몸에 흰 셔츠에 피가 선명하다. 여자는 오열하지만 남자는 끝까지 그 여자만 바라본다.

남자의 대사를 통해서 알 수 있겠지만 사랑이란 판단하지 않고 그냥 내던져지는 것이다.

여자는 모든 것을 다 버릴 정도로 남자를 사랑하지 않았다고 단언했지만 남자는 이미 다 버렸다. 그의 몸에는 심장이 남아 있었지만 그 자신의 것이 아니었다. 그 남자의 사랑이야말로 내가 생각했던, '심장을 저당 잡힌 사랑'이었다.

돌아가신 테레사 수녀가 이런 말씀을 하였다고 한다.

"강렬한 사랑은 판단하지 않는다. 주기만 할 뿐이다."

남자에게는 목숨 따위 의미가 없을 만큼 강렬한 사랑이었다. 죽는 순간 그가 몸에 지닌 유일한 것이 사랑하는 그녀의 사진일 정도로.

테레사 수녀의 말씀이 맞다.

강렬한 사랑은 판단하지 않는다.

내가 대학 진학에 의미를 두지 않았어도, 국어공부는 열심히 했던 것처럼. 사랑한다면 판단하지 않는다.

자꾸만 판단하게 되는 것은 사랑이 아니다. 그리고 사랑에는 만약이 없다. 우리가 과거에 만났다면, 시간이 지나서라면, 지금이 아니라면…. 그런 가정은, 사랑이 아니다.

가슴 울리던 음악이 나를 달래주면

악보는 볼 줄 몰라도, 장르에 대한 지식은 전혀 없어도, 음악 없이는 하루도 살 수 없는 사람이 있다. 그 사람은 바로 나다.

일어나자마자 음악을 듣고, 어떤 때에는 씻을 때도 듣는다. 씻을 때 음악을 들으면 스트레스와 슬픔마저 씻겨 내려가는 느낌을 받는다. 그래도 음악이 가장 필요한 시간은 하루를 마무리하는 때이다. 화살같이 지나간 세월의 사이로 조금씩 자취를 감춘 옛 발라드를 듣고 있으면 '음악의 힘'을 절로 깨닫게 된다.

명곡은 시간이 지나도 빛을 잃지 않으며, 사람의 영혼을 정화하는 힘을 가지고 있다.

어느 날 친구가 물었다. 요즘 좋아하는 아이돌 멤버가 있느냐고.

친구는 어떤 아이돌 보이그룹의 멤버가 섹시함에 귀여움에 실력까지 갖추었다며 그에 열광했지만, 나는 솔직히 아무 감흥이 없었다. 어려서부터 나는 애 늙은이 같았으니까….

친구가 도무지 나를 이해할 수 없었는지 내 이어폰을 빼앗고는 한동안 유심히 귀를 기울였다.

"오래된 슬픈 노래만 나오는데?"

그동안 전혀 몰랐다. 내 플레이리스트에 슬픈 음악만이 가득하다는 것을.

그 후, 의식적으로 취향을 바꿔보려고 노력했다. 발랄한 음악을 들으면 발랄해지고, 젊은 감각의 노래를 들으면 좀 더 어려질까 싶어서.

그런데 취향이 어디 하루아침에 바뀌겠는가. 나는 다시 '오래된 슬픈 음악들'을 플레이리스트에 꽉꽉 채웠다.

슬픈 노래를 좋아하는 사람의 운명이란 그 가사와 닮아가는 것인가? 어느새 멜로디를 따라, 슬픈 내 이야기를 끼워 넣는 마음의 목소리를 듣는다.

"나를 울렸던 노래야. 이젠 나를 달래주렴. 가장 많이 날 울린 그 사람, 가장 그리워하듯이. 옆에 앉아 날 다독이던 그 사람 그림자도 잊어버리게, 들썩이는 내 등을 쓸어 주렴. 원망의 노래는 잠시 멈추어 주렴. 그러기엔 내가 받은 것들이 너무도 많아. 그저 일어설 힘을 조금만 나누어 주렴. 네가 있어 나는 괜찮다. 네가 날 달래기에 힘을 주기에 슬픔도 무뎌질 날이 있겠지."

서울역, 도심은 늘 바쁜 사람들로 가득 차 있다.
사람들은 점차 서로와의 대화보다는 스마트폰과 이어폰에 집중한다.
나는 대화를 좋아하지만, 지금은 이어폰을 택한다.
음악의 힘이 필요하니까.

새벽의 물웅덩이

헤어진 그 사람은 물방울 한 방울이다.

새벽에 잠을 깨면 베개 위의 그 한 방울에 미칠 듯이 머리가 아프고 그 물 한 방울의 무게에 짓눌려 압도된다.

주고받은 모든 언어의 피가 머리로 쏠리고, 그 물방울들은 곧 내 머리를 가득 채워 터질 듯 부풀어 오른다.

그 사람의 물방울은 늘 내 머릿속을 휘젓고 다니다가 조금은 눈으로 빠져나가고 잠들기 직전이 되어서야 가슴 한가운데로 모두 빠져나간다.

아파서, 그 느낌이 도무지 익숙해지지 않아서, 견디기 어려워서 한가운데를 손바닥으로 붙잡으면 뼛속이 텅텅 비었다. 가슴뼈가 한겨울처럼 시려 온다. 시리도록 텅텅 비었다.

뭐라도 채워야 할 것 같아 따뜻한 물 한 모금 마시고 눈을 감으면, 다시 헤어진 그 물방울 하나가 눈으로 빠져나가고, 내가 물이 된 것인지 물이 내가 되고 있는지 모르겠는 지경에 이른다.

새벽, 내 방에는 물웅덩이가 고였다. 한 방울의 물이 웅덩이를 이루는 시간. 새벽은 헤어진 자들에게 물속의 시간처럼 온다. 천천히.

여드름의 존재 이유와 모든 잡념의 귀결

피부가 좋은 건 아니지만 그렇다고 피부 안 좋다는 소리를 들어본 적은 없다. 그러다 내 이마에서 여드름을 발견한다. 익숙하지만 오래간만에 모습을 드러낸 그 여드름 하나는 소름 돋게도 이질적이다. 촉감마저 낯설다.

그렇게 이마에 솟은 여드름을 노려보고 있는데 중학교 때 누군가에게 들은 이야기가 떠올랐다. 자신을 좋아해 주는 사람이 있으면 이마에 여드름이 나고, 자신이 짝사랑하고 있으면 볼에 여드름이 난다는 이야기였다. 어떤 과학적 근거가 있는지는 전혀 모르겠지만 그 말이 생생하게 떠오르며 잡념의 나락으로 빠져들었다.

잘못 태어난 여드름을 저 세상으로 보내면서 생각했다. 혹시 당신이 어디선가 내 생각을 하는 게 아닐까 하는….

미신처럼 이마의 여드름을 믿고 싶었다. 욕심을 버렸다고 해서 사랑까지 사라지는 것은 아니었다. 헤어진다고 해서 사랑했던 기억이 사라지는 것은 아니었다.

나는 실체를 잃어 사라진 것들을 속으로 되뇌고 기념하면서 여드름 자국이 사라져 가는 것을 며칠간 지켜보았다.

생겨났다가 흔적도 없이 사라져버리는 것들은 모두 슬프다. 시작할 때는 알 수 없기 때문이다. 소멸의 가능성을, 소멸의 운명을 가늠할 수 없기 때문이다. 그리고 그보다 더 슬픈 것은 작은 여드름 하나로 시작된 모든 잡념의 도착점이, 보고 듣고 떠올리는 모든 것들의 귀결이 당신이라는 사실이다. 소름 돋게도.

내가 슬픈 다큐멘터리를 보지 않는 이유 ···········

나는 슬픈 다큐멘터리를 보지 않는다. 특히나 명작으로 남아서 사람들을 많이 울리는 슬픈 다큐멘터리는 기필코 안 본다. 이유는, 내가 의식하지 못한 사이에 그들과 내 삶을 비교하고 안도하며 눈물로써 감사한다는 사실을 깨달았기 때문이다.

빈곤에 허덕이는 사람, 혼자의 몸으로는 아무것도 할 수 없는 사람, 죽음의 시간을 기다리는 사람, 가족이나 연인을 불의의 사고로 잃은 사람. 슬픈 다큐멘터리를 통해서 사람들은 따사로운 희망을 얻지만 당사자의 삶은 절망과 눈물로만 가득 차 보였다.

타인의 불행에서 나의 행복을 찾게 되는 그 행태는 너무나도 비인간적이다. 때때로 그런 사실들은 무척이나 잔인하게 다가온다. 그래서 이런 불온함이 적당하고 상대적인 것이라고 해도 내가 낯설고 싫고, 아팠다.

한데 어느 순간에는 내가 내 생애를 슬픈 다큐멘터리로 만들어내곤 한다. 거리의 수많은 사람이 흔하게 웃음꽃을 피워내는 것만 보아도 눈물이 쏟아지는 날들이 있다. 무엇이 그리 즐거울까. 무엇 때문에 저리 웃고 있을까. 이제는 내가 슬픈 다큐멘터리 속 절망의 존재가 되고 광장에 펼쳐진 배경 같은 사람들은 내 울음을 구경한다. 당신이 내 옆에 없다는 그 사실 하나만 달라졌을 뿐인데, 내가 슬픈 다큐멘터리를 보지 않는 이유가 생각났다.

변하지 않을 것을 위한 시(詩)

"너 변했어!"로 시작되는 연인 사이의 비극이 있다.

존재는 대부분 변화가 시작되면 버림을 받는다. 보풀이 일어난 옷과 녹슨 가위, 고장 난 전자제품은 버려진다.

반짝거리지 않는 것, 내 마음에 파문을 일으키지 못하는 것들을 우리는 '아름답다'라고 부르지 않는다. 사랑도 그렇다. 함께 나누었던 반짝거린 시간, 영원히 변하지 않을 것 같았던 그 반짝임도 시간이 지나면 언제 그랬냐는 듯이 아름다움을 거둔다. 변하지 않을 것을 약속함이 무색하게.

보통의 우리는 변하지 않을 것을 사랑한다. 어쩌면 변하지 않을 내 마음을 믿고 내 감정의 동요를 사랑하는 건지도 모르겠다. 하지만 변하지 않는 것만을 사랑할 수는 없다. 변하지 않을 것이란 원래 없으니까.

사람도 사랑도 다 변한다. 그게 자연스러운 세상의 이치인 거지. 그래서 조금은 슬프다.

이제 변하지 않을 사랑만을 사랑한, 내 과거에 미안한 안녕을 고한다.

빈껍데기처럼 지내는 날이 많아졌다

살아있지만 시체처럼 지내는 날들이 늘어만 갔다. 이별이 아무리 삶을 피폐하게 만든다고 해도 내 존재의 의미를 부정한 적은 없었는데. 왜, 어째서.

스산한 몸짓으로 부스스하게 일어나 그저 어딘가의 바람처럼 지내다 잠을 자는 하루. 애초에 어디 붙어있었는지 모를 포스트잇 같은 몸을 이끌고 여기저기 나를 보채는 사람들의 부르심에 내 일과를 맡기고, 숨 쉬는 법을 모르는 좀비처럼 일요일 밤을 계속해서 닫아버리는 삶.

어느 노쇠한 상점의 녹슨 철문처럼 쓸모를 다한 줄도 모르고 발악하듯 삐익 삐익 소리를 내는 빈껍데기 같은 나를 인식하는 날들이 점차 많아졌다.

사람들과 있을 때는, 함께 웃고 함께 떠들었지만 혼자 남겨졌을 때는 그곳에 아무도 남겨두지 않았다. 혼자 있는 것이 아니라 마치 혼(魂)조차 없는 것처럼 모든 것들을 삭제시켰다. 무(無)의 존재로 눈꺼

풀만 깜빡이며 작게 숨 쉴 뿐이었다. 가끔은 그 또한 잊어버려 얼굴이 벌겋게 달아올라서야, 아! 하고 살아있음을 느꼈다.

"너무 빨리 늙지 않았으면 좋겠다. 언젠가 내가 나를 다시 채울 그 날까지."

빈껍데기 같은 시간에 대고 더욱 빈껍데기 같은 내 육체가 말하는 소리를 듣는다.

홍콩의 야경
너무 많은 빛이 충돌해 갈 길을 잃은 듯, 암울해 보인다.
이 풍경을 도우려 배트맨이 등장할 것만 같다.

그 말이 그렇게 쓰일 줄 몰랐어

한 사람이 좋아지고 있었다.

그는 이미 '나'라는 사람을 모두 여행하고서 책을 써 내려가는 작가처럼, 이미 극장에서 엔딩 장면을 보고 나온 평론가처럼 나에 대해 잘 알았다. 내가 어떤 말을 어떤 뉘앙스로 표현하는지 모두 아는 것처럼 보였다.

나는 나의 '언어'가 중요한 사람이고, 그래서 '언어'가 통하지 않는 사람과는 쉽사리 친해지질 못한다. 반대로 나와 상대방의 언어가 통한다고 생각되면, 내 마음은 몇 계단을 뛰어넘어서 몇 계절을 앞서 나가서 상대에게 가 열려버린다. 남자인 사람에게 이런 적은 처음이었다. 그래서 그와 함께할 수 없음이 이다지도 아픈지 모르겠다.

존중.

그가 처음 그 단어를 사용한 것은, 내가 밥을 먹기 싫다고 했을 때였다. 그는 나의 뜻을 '존중'한다고 했다. 그때 나는 속으로 감탄을 연발하면서 "존중은, 내가 굉장히 아끼는 표현"이라고 말했다. 정말로 그랬다. 존중한다는 말 자체를 듣기만 해도 행복해지는 느낌을 받으니까. 그 또한 존중이라는 단어를 좋아한다고 했다.

"너의 뜻을 존중할게."

누군가 내게 이런 말을 해주면, 나를 소중하게 대하는 그런 마음을 저절로 느끼게 되지 않던가. 마치 유아기에 엄마가, 잘 익은 사과를 반 잘라서 쇠숟가락으로 살살 긁어 떠먹여 주는 맛이라고 해야 하나? 적당히 달콤하면서도 포시락거리는 사과 한 스푼을 입에 넣으면, 씹지 않아도 이미 입을 벌리면서부터 엄마의 사랑을 느끼게 되니까.

그런데 나는, 좋아하던 그 말이 그렇게 쓰일 줄 미처 몰랐다. 당신의 입으로 그 말을 그렇게 들을 줄 알지 못했다. '존중'의 표현이 내 마음에 비수가 되어 꽂힐 줄 몰랐다.

"그만두자. 나를 존중해줘."

내가 많은 가치를 두었던 그 말이 당신과 나의 단절이 될 줄 알았다면 진작 어디 던져버렸을 텐데. 파묻어버리고 다 찢어서 흔적도 남기지 않았을 텐데.

살면서 처음으로 언어를 전공하고 언어에 의미를 부여하는 내가 싫어지는 순간이었다. 그가 내뱉은 '존중'이 어떤 뜻인지 너무나 잘 알겠기에, 너무나 적확하게 와 닿아서.

그를 존중하고, 나는 돌아섰다. 함께 있을 때 나를 웃게 하고 돌아서서 눈물짓게 하는 그 사람을 떠나서야 이런 생각을 한다. '존중'이라는 말을 그렇게 쓸 수 있었다는 것을.

내 입에 달콤하고 포시락거리는 사과 한 스푼을 넣어주기 위해 쇠숟가락에 짓이겨진 엄마의 붉은 손바닥을 떠올렸다. '존중'이라는 표현의 모든 이면을. 아픔을.

제발 별일 없기를

"응. 별일 없어."

아마도 상대방이 별일 없이 잘 지내냐고 물었나 보다. 퇴근하려고 탄 버스에서 중저음 목소리의 남성이 한껏 목청을 드러내며 누군가와 통화를 한다.

'그래 별일 없는 게 제일이지.' 하는 생각으로 얕은 숨을 들이마셨다.

바다 냄새가 난다. 앞 좌석을 바라보니 한 아주머니가 발 근처 좌석 바닥에 검은 비닐봉지를 두었다. 해산물을 산 건가? 오징어나 홍합 같이 짭짤하고 살짝 비릿한 냄새가 코끝에 닿아, 검은 봉지 안을 홀로 상상하게 되었다.

순간 이 버스가 바다로 직진해서 내게 갈매기들 날아가는 풍경을 보여준다면, 흰 파도 거품을 보여준다면 얼마나 좋을까 하는 생각을 했다. 그날 내 하루는 순탄치 않았다. 너무나 지쳐서 몸은 그대로 있는데, 뼈가 하나씩 동동 분리되어 발목 근처에 쌓여 있는 것 같았다.

온갖 상념이 한데 뭉쳐 회오리바람을 일으킨다. 아무도 내 머릿속 돌풍을 눈치채지 못하겠지만 혼자의 상념은 그토록 거대하다. 그러니 바다로 도망가고 싶어 했겠지.

좁은 창문 틈 사이로 들어온 바람과 해산물 냄새가 섞여 마치 겨울 바다의 짜고 시큰한 향내처럼 콧속을 휘감는다. 흡사한 바다 향에 취한 찰나 아까 별일 없다고 말했던 그 중년 남성이 다시금 목청껏 소리를 내며 통화를 한다. 상상하던 순간들이 모두 날아가 버린다.

가끔은 나도 물어보고 싶다. 별일 없는지. 별일 없이 사는지. 그리고 말해주고 싶다. 나는 알고 있었다고. 당신은 처음부터 바다였고, 내게 파도를 불러일으킬 것을 애초부터 알았다고. 알면서도 휩쓸린 것이니 여기서 가라앉게 된다면 그건 그저 내 선택이라고. 그러니 혹여 버거운 어떤 생각이 당신을 괴롭힌다면 내려놓으라고. 나는 정말 별일 없이 산다고, 순탄치 않은 하루가 더러 있을지언정 별일 없이 충실하게 살고 있다고. 서로 지금 이대로 별일 없이 잘 살아가기를 바란다고. 그러니까 당신도 제발 별일 없기를.

우리를 집어삼킨 것은
대체 무엇이었을까

한 번씩 '운명'이라는 소용돌이에 통째로 빨려 들어가는 느낌을 받는다. 단 한 번의 선택이 내 삶을 완전히 바꾸기도 한다. 하지만 단한 번의 무엇이 나를 모두 삼킬 수는 없다. 그렇게 내 삶이 나약하진 않았다. 그래서 헤어진 후에, 계속 되뇌었다. 슬픔이 나를 슬퍼하는 것이 아닌지. 더는 사랑하지 못할 이 사랑을, 내 안의 비극을 사랑하는 것은 아닌지. 이것은 온전한 사랑이었는지. 우리를 집어삼킨 것은 대체 무엇이었는지. 나는, 모두 '꿈'이라고 세뇌했다. 나쁜 꿈도 아니고 좋은 꿈도 아니지만, 이제 꿈은 끝났으니 눈을 떠야 한다고 생각했다. 그래야만 내가 살 수 있을 것 같아서. 현실을 살기 위해 어둠과 슬픔은 모두 한데 모아 꿈속 깊은 곳에 묻어 두었다. 어딘가에 삼켜진 것도 다시 뱉은 것도 살기 위한 몸부림이었다.

훨훨 날아가, 아프지 말고

어색함이 가시자마자, 익숙함이 애정이 되자마자 사랑이 되었던 걸까.

하루를 온전히 서로 대면하는 것으로 채우는 날이면 행복하지 않을 수가 없었다. 나는 쓰지 않았던 얼굴 근육을 마구 써대며 웃었고, 그대는 주름을 걱정하지 않고 환하게 빛났다. 그렇게 웃는 순간이 내게 더 큰 아픔이 될 줄 몰랐다.

사랑이 시작되면 눈이 멀어도 새로운 세상이 시작된다. 그 세상이 너무도 찬란하고 아찔하여 근처의 먼지와 부스러기마저 보석 같았다. 활활 타오르는 그 황홀함에 사로잡혀 내 발밑에 떨어진 불덩어리도 보지 못했다. 눈이 멀었으니 보석인지 불덩이인지 알 수 없었겠지. 많이 아팠을 텐데, 뜨거웠을 텐데. 계속 밟고 지나가야 할지도 모르겠다. 당신이 그저 내 곁을 고요히 떠나가길 바라면서도, 화석처럼 남은 이 상처를 또 매만지고 있다.

그러니, 내가 이렇게도 모질게 끊었으니, 우리 다시는 만나지 말았으면 당신은 그저 훨훨 날아가기를.

내가 이렇게 날려 보내주니, 날개 한쪽 아프다고 당신 삶에 소홀히 말고 훨훨 날았으면. 가끔 내 생각나도 그 생각을 디딤돌 삼아서 더 날아주었으면. 견딜 수 없음에 울지 말고. 아프지 말고. 멈추지 말고 세상 구석구석 모두 날아보기를.

보이지 않는 것들이 우리를 살게 한다

드라마 작가 지망생이었던 나는 생의 많은 부분을 드라마와 함께 했고, 또 드라마를 보며 '생각'하는 데 많은 시간을 썼다.

드라마는 현실을 반영하고, 또 현실 세계를 사는 우리는 드라마에 많은 영향을 받는다. 현실이 반영되지 않은 뜬구름 잡는 이야기는 시청자에게 외면당하기 마련이다.

채널이 다양화됨은 물론 1인 방송이 보편화한 시점에서 웰메이드 드라마에 대한 우리들의 목마름은, 오히려 더욱 심화된다. 그렇기에 대중성과 작품성을 모두 겸비한 인기 드라마는, 자연스럽게 사람들에게 회자하기에 현실에서 크고 작은 영향력을 발휘한다.

작년에도 역시 많은 드라마가 내게 영향을 주었고, 또 사계절을 풍요롭게 하고 친구가 되어주었다. 그중에서 생각할 거리를 가장 많이 제공한 드라마는 단연 '배가본드(VAGABOND, 2019)'였다.

나는 이 드라마의 몇몇 장면들을 보면서 정의에 대해서 생각했다. 어느 편에 서는 것이 정의로운 것인가? 자리가 사람을 만드는가 사람이 자리(리더십)를 이끌어내는가? 우리의 인생에서 가치를 두어야 할 것은 무엇인가?

조금은 철학적이지만 드라마는 내게 이런 의문을 선사했다. 그렇게 드라마의 12회를 보다가 가슴속에서 울컥하며 천불이 올라와서 죽는 줄 알았다

여기서 잠깐 드라마 내용을 설명하자면,

주인공(차달건, 전직 스턴트맨, 이승기 분)은 비행기 사고로 조카를 잃는다. 주인공은 이 비행기 사고가 테러였음을 알게 된다. 테러의 배후를 밝히고 조카의 죽음에 대한 진실을 파헤치고자, 국정원 요원(고해리, 배수지 분)과 연합하며 사건을 풀어나간다. 그러나 일개 개인이 맞서기에는 악의 무리가 너무나 막강하다. 테러의 배후에는 군산복합체(존 앤 마크사)에 가까운 조직과 로비스트, 정부까지 개입되어 있고, 거대 세력은 주인공 무리가 진실의 법정에 서는 것을 막기 위해 공권력(판사의 판결을 빨리 앞당기려 하고, 무장 해제한 주인공 무리를 모두 사살하려고 시도, 주인공 무리의 법정 출두 장면을 취재하려는 언론사를 탄압하여 실시간 촬영 중이던 헬기를 돌림 등) 킬러 등을 총동원해 진실의 입을 막아버리려 한다. 이 과정에서 주인공 차달건과 같이, 소중한 사람을 잃은 유가족들은 어느 쪽(두 비행기 회사 중에서 12회까지의 줄거리

에서 테러의 배후는 존앤 마크사이지만, 유가족들은 다이나믹사의 기체 결함으로 비행기가 추락했다고 알고 있음)을 믿어야 할지 모르는 혼돈 상태에 빠진다.

몇몇 유가족들은 주인공 무리에 쏟아지는 총알을 온몸으로 막는다. 사살 명령을 저지하기 위해 영업용 트럭으로 경찰의 총탄을 막고, 킬러의 살해 시도를 눈치채고 에워싸며 맨몸으로 막는다. 법원에 주인공 무리가 도착하기 전까지(누구의 말이 맞는지) 혼돈에 빠져 있던 그들은, 무장 해제한 사람을 무지막지한 총으로 겨누는 비정상적인 상황을 두 눈으로 보면서, 비로소 진실이 무엇인지 깨닫게 된다.

"이 나쁜 놈들아!(주인공 무리를 막고자 하는 국정원과 경찰 등을 향한)" 하는 한 여자의 외마디 비명이 신호가 되어 현장에 있던 모든 사람은 어떤 두려움도 없이 주인공 무리를 지켜내기 시작한다. 너무 많은 민간인이 달라붙어 이들을 엄호하자 킬러도 방아쇠를 당기지 못한다. 그렇게 주인공은 진실의 방 앞으로 한 걸음 더 가까워져 갔다.

드디어, 법정 안으로 들어온 그들! 나는 이들(유가족과 경찰, 피해자와 가해 권력의 구도)의 몸싸움과 주인공의 참담한 시선을 바라보면서 이 땅에서 독립운동을 하였던 선조들과 군부정권 아래서 희생된 영혼들을 떠올리게 되었다. 무언가 지켜낸다는 것은 숭고하다. 그들의 모습이 그러했다.

보이지 않는 것들이 우리를 살게 한다. 누군가의 노고, 누군가의 희생, 누군가가 밝혀낸 진실의 힘으로, 용기로, 두려움 없는 발걸음으로 나아간 길이 훗날의 나를 살게 한다. 세상은 눈에 보이지 않는 많은 것들이 이뤄낸 기적이다.

내 일상의 편안함은 내 눈에 보이지 않는 것들로부터 받은 선물이고, 덤이다.

선물에는 보답해야 하고, 덤에는 대가를 치러야 한다. 내가 이 사회에 어떻게 보답하고 어떻게 대가를 치러나가야 할 것인지 생각이 깊어지는 밤이다.

'타인의 중병보다 내 손톱 밑의 가시'에 더 아파하는 세상에 살고 있지만, 나는 이 드라마의 결말(드라마는 내가 이 글을 작성하는 이 시점에 시즌2 제작을 앞두고 있지만)이 우리에게 조금이라도 이기심을 거두는 계기가 되기를 바란다. 그리고 보이지 않는 곳에서 수고로움을 마다하지 않았던, 않고 있는, 않을, 많은 사람의 가슴에 격려의 메시지가 될 수 있기를 바라본다. 마치 공기처럼 도사리는, 그러나 보이지 않는 것들이 우리를 살게 한다.

내가 글을 쓰는 이유

한 사람의 인간은 어머니의 자궁에서 잉태되고 태어나 이름이 지어져 불리는 순간 하나의 인격체로 만들어진다.

'만들어진다'라는 표현은 일종의 성장 과정을 의미한다.

내 어머니는 내가 '작가'가 되길 소망했다. 그래서 나도 '작가'가 뭔지도 모르는 꼬마 때부터, 누군가 나를 '작가로 만들어주기를' 바랐는지 모르겠다.

적어도 그날, 그 무렵의 일들이 내게 불어 닥치기 전까지 나는 내가 글을 써야 하는 이유에 대해서 생각해보지 못한 채, 써버렸다. 초등학생 때부터 고1 때까지 내게 글쓰기는 칭찬의 도구였고, 지능적 게임이었고, 상장이라는 왕관을 차지하게 해주는 결정적 무기였다.

그리고 고1 어느 날 외할아버지가 돌아가셨다.

그날 멀리서 내 어머니의 모습을 보고, 나는 깨달았다. 내가 글을 쓰는 이유가 어디에 있었는지.

몇 번은 본 적이 있었다. 그래도 그렇게 퉁퉁 부은 얼굴을 내게 보일 정도로 운 적은 없었다.

엄마는 부드럽지만 강한 사람이었고 눈물이 헤프지 않았다. 엄마의 울음과 그 몸의 슬프고 하얀 형체를 보면서 내 눈동자도 슬픔으로 가득 차올라 자꾸만 아득해졌다. 그리고 내 울음도 계속해서 목구멍으로 넘어가는데, 정말로 무서운 것은 다시는 만나지 못할 존재가 할아버지가 아닌 다른 사람으로 대입되고 상상되었기 때문이다.

저기서 울고 있는 사람. 흰옷을 입고 처연하게 서 있는 사람. 평생을 시골 촌부로 살았던 아버지의 흙과 같은 삶을 덮어주고자, 서울에서 한 달음 눈물로 달려온 내 어머니.

그날 나는 후일의 어느 장례식장을 생각하지 않을 수 없었다. 무서워서 온몸이 사시나무 떨듯 떨리었다.

외할아버지가 돌아가시고 시간이 지나 학교에서 시화전이 열렸다.

할아버지를 추모하는 마음으로 시를 하나 썼고, 그 시가 며칠간 학교에 전시되었다. 전시가 모두 끝나고 우리 반 교실 뒤에 시가 적힌 액자를 잠시 두었는데, 지구 과학 선생님이 그 시를 보고 내게 말을 걸었다. 학기 중 처음 있는 일이었다.

선생님은 어떤 상황을 통해, 어떤 마음을 가지고 이 시를 쓰게 되었는지 내게 물었다. 나는 얼마 전 할아버지가 돌아가셨고 그때의 경험과 느낌을 통해서 이 시를 썼다고 이야기했다.

"부럽다, 얘. 이런 건 타고나는 거잖아. 시를 쓰고, 자기만의 감성을 가지고 그런 건, 아무리 공부를 한다고 해서 배워지는 것도 아니고 익혀지는 것도 아니니까. 내가 볼 때 너는 타고났네."

선생님이 잔잔하던 우리 교실에 그 말을 던졌을 때 나도 다른 친구들도 모두 놀랐다. 선생님은 우리나라 최고 대학을 나온 사람이었고, 평소 아주 이성적인 대화 외에는 하지 않는 편이었고, 아이들과 사담을 나누는 편이 아니었으니까.

뭐라고 설명을 해야 할까. 흔한 표현이지만, 그분은 찔러도 피 한 방울 안 나올 것 같던 도도한 캐릭터였다. 그런 분이 내 글에 관심을 보이자 기분이 묘해졌다. 나쁘지 않았다. 글쓰기에 타고났다고 평가해준 그 말씀도 진짜 같았다.

그날 나는 결심했다. 글 쓰는 사람으로 살아가야겠다고.

우선으로는, 훗날 어느 장례식장에서 내 마음이 조금이라도 편하려면 그래야겠다는 생각이 들었다. 내가 작가로 살아가길, 어머니가 소망하기도 했거니와 누군가 나에게 타고났다 하는데, 해봐야지.

열심히 쓰고 또 써야지 하면서 매진했다. 그렇게 작가를 꿈꾸다가, 급작스럽게 직장생활의 길에 접어들었다. 그동안 꿈을 놓은 적은 없지만, 한편 두렵긴 하다. 겁이 많은 내가 세상의 평가를 담담하게 받아들일 수 있을지.

그사이 내가 글을 쓰는 이유는 여러 가지가 추가되었다. 가끔은 살아있음을 느끼려고 키보드를 두드리기도 한다.

이 책을 써야겠다고 생각한 이유는 어제 떠나보낸 존재 때문에 오늘 너무나 아픈 사람들에게 휴식이 되어주고 싶어서였다.

내가 사람들의 진통제가 될 수 없다는 건 알고 있다. 그래도 쉬어 갔으면, 한숨 푹 자고 쉬어갔으면, 좋겠다.

쉼표와 마침표가 있어야 글이 제대로 만들어진다. 사람도 쉼표와 마침표를 적절히 안배할 수 있어야 한다.

부디 내 글에 머무는 모든 분에게 마음의 쉼표와 마침표가 살아 숨 쉬어 고통의 봇짐을 내려놓는 휴식에 조금이나마 도움이 되기를.

관이 내리면

부서지는 당신의 얼굴 위로
흰빛 홑잎이 얹혀집니다

관이 내리면
이제는 가실는지요

적토에 한껏 바수어질
당신의 목소리가 아쉽습니다

끊겨버린 외철길
숙명과도 같은 길

당신이 진정
발끝에 저며 오던 흙을 잊겠습니까

관이 내리면
이제는 가실는지요

홀로 시작하는 아침에는
햇살이 비치지 않겠지요

(* 외할아버지가 돌아가시던 그해, 시화전에 제출했던 시)

<3부>

가장 빛나는 순간은
아직 오지 않았다

'사의 찬미'는
'생의 찬란함'을 이기지 못해

'사의 찬미(SBS, 2018)'는 조선 최초의 소프라노 윤심덕과 그의 애인이자 천재 극작가인 김우진의 비극적인 사랑 이야기를 담은 드라마이다. 실존 인물들의 사랑 이야기를 다루었기 때문에 호기심이 일어서 보게 되었는데 배우들의 열연과 가슴 아픈 스토리, 영상미가 뛰어난 연출 때문에 오랜 여운이 남았던 드라마였다.

'사의 찬미'는 말 그대로 '죽음을 찬미한다'라는 뜻이다.

그들은 왜 죽음을 염원하게 되었을까? 그들의 처지에서 생각해보고 싶었다.

지금의 관점으로 그들을 바라보면 물론 불륜이다. 어떻게 보아도 불륜은 미화되어서는 안 된다. 하지만 현재를 사는 우리가 비난할 수 있는 시대는 아니다. 우리는 본인의 뜻과 의지대로 그 시기까지 조절해가며 결혼할 수 있는 시대에 살고 있고 그들은 아니었다. 그들은 현실에서 본인들이 원하는 그 어떤 것도 구현할 수 없었다. 그랬기에 목

숨을 끊는 것이, 삶에서 '쉼'이 되는 것이었기에. 고통의 시대였다. 아픔이다.

'사의 찬미'는 힘들고 버거울 때 죽음만이 희망이 되는 아이러니를 보여주었다. 둘의 죽음은 아름다웠다. 사랑하는 사람과 생의 마지막 순간에 추는 블루스와 눈물 젖은 키스, 그리고 차가운 밤바람이 가여운 영혼을 감싸는 선상에서의 엔딩 장면은 더할 나위 없이 아름다워 보였다.

그러나! 그럼에도 불구하고! 나는 지금 내 생이 더 찬란하다고 느낀다. 갖은 노력을 다하고 있기에. 버텨내고 있기에, 아직 아무것도 포기하지 않았기에 그들의 아름다움보다 내 생의 찬란함이 더욱 크다.

삶은 채워가는 날만으로 아름답다. 설령 그 채움에서 의미를 찾지 못한다고 해도, 시간이 지나 허무함만 가득 찬다고 해도 우리의 생은 아름다울 것이다.

남이 보는 내가 '내가 아니'듯, 남이 내 아픔을 알아주지 않는다. 내 아픔은 오로지 나만 알 수 있다. 가끔은 나조차도 모른다. 그러니 어딘가 아프면 쉬어가라.

조금씩은 쉬어도 되지 않을까.

당신이 제발 죽지 않고 살아주었으면 좋겠다. 완전한 죽음보다는 불완전한 삶이 흘러가도록 두었으면 좋겠다.

우리, 아들의 아들이, 딸의 딸들이 먼 훗날 당신을 보고 싶어 할 수 있도록.

그대는 그대의 존재만으로 빛난다.

우리는 지금 이대로 충분하다. 그러니까 '사의 찬미'는 '생의 찬란함'을 이기지 못한다.

시간을 되돌리는 가장 좋은 방법

"다시 이십 대로 돌아갈 수 있다면, 갈 거예요?"

나와 함께 영어를 공부하는 이십 대 '헤일리(그녀의 영어 이름)'가
내게 물었다. 헤일리는 여러 명의 삼십 대에 이 질문을 했지만 선뜻
돌아가겠다고 말한 사람이 없다고 했다. 그들은 이십 대의 불안함과
불안정함이 무척이나 힘들었기 때문에 다시 돌아가고 싶지 않다고 대
답했단다.

순간 폭풍처럼 지나온 나의 이십 대와 현실과 이상 사이에서 고
민하며 살아가는 현재의 이십 대 친구들이 불쌍해졌다. 황금 같은 시
기를 살면서 황금을 즐길 수 없다니….

"나도 돌아가고 싶지 않아요. 지금의 영혼과 지식, 지혜를 다 가지
고 간다면 괜찮겠지만 그러기 어려울 테니까. 또 시멘트 바닥에다 물
주면서 꽃 피우길 기도해야 할 테니까, 나도 안 돌아갈래요."

그렇게 대답하고 집에 돌아와서는 스무 살 때로 돌아가고 싶어
했던 기억을 떠올렸다. 딱 한 번, 영화 '수상한 그녀(나문희, 심은경 등 출

연, 황동혁 감독 작품, 2014년 개봉)'를 보고 나온 그 직후였다. 정확하게 말하면 영화가 매우 인상 깊었기 때문에 칠십 대 즈음의 나이가 되면 스무 살로 돌아가고 싶다고 생각했던 것 같다.

영화가 보여준 노인의 삶과 그들에 대한 세상의 적나라한 인식이 상내석으로 삭봉해 그런 것인지도 모르겠지만 지혜와 연륜을 갖춘 성숙한 이십 대의 매력은 눈부시게 막강했다. 그리고 주인공의 마지막 선택이 보여준 가족애는 내 가슴뼈를 부술 듯이 마음 아팠다.

"가세요… 그냥 가세요. 제발, 제발 가서서… 남이 버린 시래기도 주워 먹지 말고 그 비린내 나는 생선 장사도 하지 말고… 자식 때문에, 자식 때문에 아귀처럼 살지 말고. 명 짧은 남편도 얻지 말고. 나처럼… 나처럼 못난 아들도 낳지 마세요. 제발, 제발… 가세요. 엄마."

주인공은 위와 같은 아들(성동일 분)의 눈물 나는 만류에도 불구하고 교통사고를 당한 손자를 살리려고 수혈을 결정한다. 수혈이 끝나면 다시 예전의 노인으로 돌아가 청춘을 잃게 되지만, "다시 태어나도 하나도 다름없이 똑같이 살란다. 아무리 힘들어도 하나도 다름없이 똑같이 살란다. 그래야 내가 네 엄마고, 네가 내 자식일 테니까." 하고 외친다. 시간을 되돌려도 한치의 후회가 없다고.

사람이라면, 선택의 갈림길에 섰던 순간들로 돌아가고 싶다는 생각을 할 수밖에 없다. 특히 사랑하는 사람과 이별했거나, 중요한 일에 실패했거나, 상처받았다면, 더 간절해진다. 하지만 실질적으로 시간을 되돌릴 수는 없다.

영화는 영화일 뿐이다.

내 생각에 우리 삶의 시간을 되돌릴 수 있는 가장 좋은 방법은 현재를 긍정하고 앞으로 나아가는 것이다.

정호승 시인은 그의 시 '봄길'에서 '길이 끝나는 곳에서도 길이 있다'라고 했다. '사랑이 끝난 곳에서도 사랑으로 남아있는 사람이 있다.', '스스로 한없이 봄 길을 걸어가는 사람이 있다.'라고 하였다.

스스로 길을 만들어 가는 것. 과거의 자신을 깨우치고 사랑으로 남는 일은 얼마나 어려울까. 그 어려운 과정을 거쳐야 비로소 시간을 되돌리고 싶은 욕망에 버금가는 후회를 낳지 않을 것이다.

내 어머니가 언젠가 자기계발 강의를 듣고 오더니 이런 이야기를 하였다. 시간이 날 때마다 이 말을 되새겨 보려고 노력한다.

"오늘은, 내 남은 생에 가장 젊고 아름다운 날이다!"

내 베스트프렌드의 결혼식

내가 가장 사랑하는 친구 현아가 한 아이의 엄마가 되었다.

애가 애를 낳았다고 생각해서인지 실감이 안 난다. 아기를 낳는 과정에서 겪은 생생한 이야기들을 전해 들어도 마찬가지다. 꼭 저같이 꼬물꼬물하고 하얗고 귀여운 아가를 낳았는데, 엄마가 되어도 여전히 그 애는 아이같이 천진하다. 달라지진 않았지만 뭔가 강인해진 그녀의 목소리는 조금 낯설었지만….

뼛속까지 나를 알고 있는 이 세상의 단 두 사람은 우리 엄마와 현아. 그렇게 딱 둘일 것이다. 그만큼 역사가 깊은 내 친구. 다람쥐같이 귀여운 현아.

현아를 처음 만났을 때 나는 느낌이 왔다.

강한 인연에는 반드시 느낌이 온다. 그리고 예감은 느낌을 벗어나지 않는다.

그녀는 새침한 인상에 마른 몸매를 가졌다. 톡톡 튀는 목소리와 활발한 몸동작은 늘 엄청난 에너지를 발산하고 있었기에 왜 살이 안

찌는지 그녀의 마른 몸을 설명해주었다. 나보다 훨씬 더 많이 먹고 심지어 탄수화물에 대해서는 중독 상태에 가까웠던 그녀는 타인에 관한 관심과 세상만사에 대한 호기심, 그리고 스스로에 대한 걱정을 쉬지 않았다. 물론 그러면서 의식에 흐름에 맞게 온몸을 같이 움직였다. 그러니 뼈에 살이 붙을 수가 없다. 만삭 사진을 찍었을 때도 그녀의 모습은 배만 볼록하고 팔다리는 앙상했다.

예민하다면 나 또한 꽤 예민한데, 현아 앞에서 나는 명함도 못 내미는 존재였다. 스스로의 태도가 일과 중에 거슬렸거나, 마음이 상하는 일이 있으면 온종일 거기에 골몰해 신경을 쓴다. 그러면서 "아까 내가 너무했나?", "그 사람 괜찮겠지?" 하면서 했던 말을 또 하고 또 하고.

곁에 있는 사람까지 걱정 인형으로 만들어버리는 존재. 그런데도 나는 그녀가 싫지 않았다. 아니, 늘 좋았고 사실 무슨 짓을 해도 싫어질 것 같지가 않았다. 앞으로도 평생 그렇지 않을까?

현아는 내 스승이기도 했다.

대학에 들어가기 전의 내 정신세계는 지금보다 염세적이고 비관적이어서 말투가 조금 까칠하기도 했는데, 그런 내가 이토록 부드러운 사람이 된 것은 팔 할이 그녀의 잔소리 때문이었다.

언젠가 편의점 아르바이트를 하는 분에게 무심코 아저씨라고 부른 적이 있었는데 그 일로도 잔소리를 들은 적이 있다.

"우리랑 별로 나이 차이도 안 나 보이는데, 네가 아저씨라고 부르면 저 사람 마음이 어떻겠어."

순간 나는 그녀의 예민함이 보통의 그것이 아니라 섬세함과 맞닿아 있다는 생각을 했다. 타인에 대한 배려를 바탕으로 자신을 자꾸만 검열하기에 극도로 예민해질 수밖에 없는 사람. 그게 현아였다.

또 패션에 대해서도 배웠다. 현아를 만나기 전까지 나는, 호불호가 그다지 없는 사람이었고 엄마 중심의 세상에서 벗어나지 못한, 단지 그냥 스무 살이었다. 그래서 내가 무엇을 좋아하는지 잘 몰랐고 알려고 들지도 않았다. 패션에 대해서는 더욱 문외한이어서 엄마가 골라준 옷이 최고인 줄 알았다.

현아는 이미 스무 살 때부터 자신의 스타일을 명확히 하는 것으로, 내게 패션을 가르쳐 주었다.

어느 날 직장생활을 한 지 삼 년쯤 되었을 때 동료 한 명이 내게 이런 말을 했다.

"본인 스타일이 되게 명확해 보여요. 보면 머리부터 발끝까지 딱 떨어지게 본인 스타일을 아는 사람 같아요."

사실 나는 내 스타일이 무엇인지 아직도 잘 모른다. 그런데 가끔 친한 동생들이 "어머! 이거 언니 스타일이야!"라고 골라주는 것들을 보면 내가 좋아하는 아이템이 맞다. 살아가면서 내게 말을 걸고 다가오고 내 몸에 둘리는 많은 것들에 현아가 묻어 있다.

살면서 누구나 비련의 주인공도 되고, 심심한 무성영화도 찍으며, 시트콤의 등장인물처럼 우스꽝스러운 하루를 보내기도 한다.

내가 가장 드라마틱하게 보낸 하루, 촌각을 다투는 시간 안에서 마음 졸이며 죽기 살기로 시트콤을 찍어 댔던 하루는 바로 그날. 2017년 9월 16일. 내 베스트프렌드 현아의 결혼식 날이었다.

현아의 결혼식은 내 여름휴가와 살짝 맞물려 있었다. 여름휴가를 마친 다음 날이 현아의 결혼식이었기 때문에 여독을 풀지 못하고 결혼식에 간다는 약간의 압박감이 있었지만, 그런데 정말 그럴 줄 몰랐지. 꿈에도 몰랐다. 내게 그런 강력한 천재지변이 올 줄.

2017년 내 여름휴가는 마카오가 반, 다낭이 반으로 구성된 자유여행이었다.

마카오는 갈 때마다 좋았고, 다낭은 물가가 저렴해서 '갑부 코스프레'를 하며 즐겁게 놀았다. 마카오 날씨가 예상보다 심하게 더웠다는 것을 빼고는 반전이 없는 여행이었다.

극적인 반전은 늘 마지막에 열린다. 여행 마지막 날, 바로 그 천재지변이 왔다. 그날 나와 친구는 다낭에서 가까운 호이안에 다녀왔는데 비가 얼마나 많이 오는지 발목까지 오는 롱 원피스가 허리까지 젖었다. 그 물먹은 치마를 걸레 짜듯 비워가며, 한참을 비와 낭만에 취해 걷고 있는데⋯. 그때였다. 별안간 내가 지구 밖으로 순간 이동한 줄로 착각했다. 호이안 전체가 정전되어 아무것도 보이지 않는 상태가 된 거다.

휴대폰 플래시에 의지해 그곳을 겨우 탈출하고 예약해 놓은 공항행 픽업 차량에 무사히 탑승했다. 호이안 탈출기는 거기서 끝났지만 문제는 우리를 정전으로 인도하고 물 폭탄을 내리게 한 그 원인이 무엇이었냐는 데에 있다.

공항에 도착하니 이상하게 싸한 느낌이 왔다. 항공기 데스크의 담당 직원이 말하길, 태풍으로 인해 대부분 비행기가 결항하였다고 했다.

오 마이 갓. 저절로 영어가 나오고 손발이 짜릿하다 못해 하얗게 질리는 새벽녘이었다. 공항에선 답이 없어 급하게 하루 잘 숙소를 예약하고, 그곳에서 나와 친구는 공포스러운 선잠을 잤다. 한 번의 마사지 타임과 한 번의 '값싸지만 호화로운 식사'를 더 할 수 있었지만 나의 뇌세포를 가득 채운 것은 오로지 하나. '현아 결혼식 제시간에 도착할 수 있겠지?' 그것뿐이었다.

다행스럽게도 나는 다낭발 마카오행 비행기에 제때 올랐다. 인천 공항에 도착하면 오전 6시. 서울역에서 포항까지(그녀의 결혼식은 포항에서 치러짐) KTX로 세 시간 이내면 도착하니 충분히 승산이 있었다.

하지만 내 계획에는 필수적인 세 가지가 모자랐으니, 첫째가 결혼식 복장이 내 짐 안에 없었다는 것이고(특히 구두가) 둘째가 씻는 시간을 안배하지 않았다는 것. 그리고 대망의 셋째! 바쁜 날에는 왜 이다지 변수가 많은지, '변수의 여유'를 고려하지 않았다는 것이었다.

변수는 당장 마카오에 내리자마자 생겨났다.

우리의 비행기 티켓은 갈 때 두 번, 올 때 두 번 비행기를 타야 했기 때문에 마카오에서의 환승은 필연적이었다. 그런데 이 간단한 걸 왜 변수라 칭하느냐. 비행기 환승 시간은 원래대로라면 50분. 하지만 태풍의 영향으로 마카오에 늦게 도착하여 실상 20분밖에 주어지지 않았다. 그리고 편하게 환승 통로를 이용해서 갈아타면 될 것을 멍청하게 출국 게이트로 나가버렸다.

이때 정말 반 미친 상태가 되었다. 뛰고 또 뛰어서 겨우 비행기 앞에 도달했을 때. 원래대로라면 당연히 비행기를 못 탄다. 상황을 이해해준 마카오 현지 공항 관계자들이 아니었다면, 나는 마카오발 인천행 비행기를 놓쳤음이 틀림없다. 그럼 베스트프렌드의 결혼식을 보는 것은 꽝이고, '아이고' 소리가 입에 배어서 헐떡거렸다.

결혼식에 가서 사진을 찍지 않을 거라면 씻지 않아도 됐다. 그리고 나는 남의 결혼식에 가서 사진을 잘 남기지 않는다. 그런데 이건 나의 현아 결혼식이고 내가 사진을 찍지 않을 수 없다. 씻지 않고 가는 게 불가능하다.

인천공항에서 짐을 찾자마자 나는 전속력으로 달려서 공항 사우

나에 갔다. 씻는데 눈에 뭐가 들어가거나 말거나 상관없었고(아프긴 하지만), 머리카락도 엉겨 붙지만 않으면(린스를 안 해서 바스락거렸지만) 됐다.

비싼 공항 사우나에서 이십 분이 채 안 되어 밖으로 나왔고 회사에서 신는 구두를 챙기려면 지하철을 타야 했다. 동선상 집보다는 회사가 가까웠다. 얼른 시간 계산을 해봤다.

이삼십 분만 지체되어도 승산이 없는 게임으로 흘러가고 있었다.

이제 환승역 홍대 입구. 정해진 시간에 2호선을 타지 못하면, 결혼식에 가지 못한다.

나는 전심전력으로 뛰었다. 맨몸으로 뛰는 것도 아니고 이십 킬로가 넘을 5박 7일 치의 캐리어를 끌면서. 몇 초에 한 번은 시계를 보며 우당탕탕 뛰었지만 '아, 이번 지하철을 놓칠 것만 같다.'라는 생각이 나를 지배했다.

안 된다. 나는 급기야 일종의 꼼수이자 묘수를 내었다. 미친 상태가 아니라 미친 사람이 되었다. 조금씩 소리를 내면서 달리니까 앞에 있던 사람들이 뒤를 돌아보면서 주춤하고 옆으로 비켜섰다. 그래 이거다. 나는 목소리를 조금씩 높이면서 달려나갔다. 어딘가에서 뭔가 폭주하듯이 달려나가는 소리에 사람들은 홍해 갈라지듯 나를 위해 길을 터주었다. 119 앰뷸런스가 따로 없었다.

그렇게 예정된 시간의 지하철을 간신히 타고 잠깐 숨을 고르며 대충 화장을 하고 짐 속에서 최대한 단정한 옷을 하나 골랐다. 결혼식 복장이라 하기에는 좀 뭣하지만 그래도 영 아니라고 하기에도 그런 옷.

마침내 회사 앞이다. 후닥닥 달려서 회사 건물의 호텔 로비로 갔다.

그때 나는 이미 서울역발 포항행 표를 취소했다. 광명발 포항행 열차를 타야만 시간을 맞출 수 있었다.

호텔 직원분에게 내 신분을 밝히고 최대한 예의 바르며 긴박한 표정과 목소리로 택시를 잡아 달라고 부탁했다. 친절한 직원은 웃으면서 내 요청을 들어준다.

사무실에 올라가 낚아채듯 구두를 챙기고서 날 위해 대기한 택시를 탔다.

"KTX 광명역이요."라고 외쳤지만 택시에서 내리게 되었다.

기사분의 사유는 이해가 되지 않았지만 나는 따질 겨를이 없는 응급 상태였다. 미칠 것 같은 순간이었다. 그때가 최고의 한계였다. 지친 몸은 쉬고 싶었지만 마음이 현아와의 마지막 통화를 불러들였다. 비행기가 뜨지 못한 태풍의 날 우리의 목소리.

꼭 가야 한다고 생각했지만, 한계상황에 도달하면 못 갈 수도 있겠다고 생각했다. 태풍이 왔고 비행기는 하루 넘게 지연되었고, 이건 천재지변이니까. 현아도 이해해주겠지.

실제로 현아는 내게 오지 않아도 괜찮다고 했다. 하지만 그녀의 말투에서 느껴지는 그 목소리의 어조는 꼭 와주었으면 하고 바란다는 걸 알 수 있었다.

우리는 서로의 목소리를 조금만 곱씹어보아도 무슨 말을 하고 싶은지 알아차릴 수 있다.

나는 씩씩하게 심호흡을 하고 다시 택시를 잡아타고, 광명에서 포항, 포항에서 결혼식장까지 신랑 입장 시간 십여 분을 남기고 골인했다.

그렇게 마주한 그녀. 순백의 신부.

늦지 않게 도착했다는 안도감에 기능을 멈춰버린 뇌와 그제야 후들거리는 다리를 꼭 붙잡고 나는 그녀에게 다가갔다.

이마 굴곡에서부터 내려오는 속눈썹은 부채춤을 추는 것처럼 파르르 떨렸고, 레이스 면사포에 반쯤 가려진 그 자태는 눈물 나게 아름다웠다.

나는 눈물 그렁한 눈으로 그녀를 바라보았다.

사람들 틈 사이에서 나를 발견한 현아가 활짝 웃어준다. 이렇게 좋은 날을 내 눈물로 망칠까 봐, 나는 웃으면서 눈물을 삼켰다. 너무 고와서, 너무 기뻐서 무척이나 아름다운 너를 보는 내가 벅차서 그렇게 눈물을 삼켰다.

그녀가 사랑하는 아버지와 함께 입장하며 결혼식이라는 무대에 오르고 인생의 두 번째 발걸음을 신랑과 함께한다.

그때 나는 진심으로 바랐다. 그녀의 인생에 부디 아픔이 없기를. 혹여 눈물 흘릴 일이 있더라도 지금의 나처럼 기쁨으로만 울기를.

나조차도 잊어버린 내 많은 날을 기억하는, 소중한 나의 친구 현아야.

아직도 내가 씹던 껌을 맨손으로 받아주는(그녀는 이런 사람이 내 이상형이라고 믿어 의심치 않음) 사람은 너밖에 없어. 처음 봤을 때 우리는 나름대로 철든 스무 살이었는데 지금 생각하면 정말 철없고 어렸지. 그렇게 한 해 두 해 같이 쏘아 올린 세월이 쌓여서 십여 년이 훌쩍 지났다. 지금은 둘 다 너무 철이 들어 버린 것 같아. 그렇게 조금씩 엄살이 없어지고 차츰 어른이 되어가는 거겠지. 둘 다 뾰족하고 예민했는데 세상이라는 거친 파도에 단련되어 외모도 마음도 조금씩 둥글둥글해졌나 봐. 네가 없었다면 지금의 나는 없어. 고마워. 너를 만난 건 내 인생의 엄청난 행운이자 행복이야. 아기도 중요하지만 앞으로도 너 자신을 잃지 마. 너의 에너지, 너의 예민함, 너의 스타일. 앞으로도 계속 내 삶과 함께하고 내게 묻어나올 너의 것들.

영원을 기약할 수 없음은 오히려

칠십 대에 어떤 모습으로 살고 있을지에 대해서 생각해본 적이 있냐고 누군가 묻는다면 나는 그렇다고 대답할 것이다.

내가 몸담은 회사의 한 임원을 통해서, 나는 먼 미래를 상상해 보곤 했다.

그분은 내게 어머니 같기도 하고, 할머니 같기도 한 그런 분이다. 그분의 젊은 패션 감각과 낭랑한 목소리, 철저한 업무 능력은 늘 나를 각성상태에 놓이도록 하기에 존경심이 들지 않을 수 없다.

그런 그분에게 단 한 가지 슬픔이 보인다면, 십여 년 전 부군께서 회갑이 되던 해에 돌아가셨다는 것. 여전히 부군을 매우 많이 사랑하고 그리워하시는 게 내 눈에 절절히 보여서 그 아련함이 눈빛에 반짝일 때마다 나 또한 고개를 떨구게 된다. 그리고 부부간의 사랑이란 그토록 숭고한 것이구나 다시금 깨닫게 된다.

임원께서는 여고 동창생들을 만날 때마다, 부러움의 시선을 한몸에 받으신다고 한다. 칠십 대의 나이에 아직 현역 임원으로 일하면서 아픈 곳 없이 건강하니 얼마나 좋으냐고. 그런데 그 말씀을 내게 전달할 때의 그분 눈빛을 보고 나는 먹먹한 심정을 감출 수가 없었다. 눈빛에는 그리움과 사랑, 잊히지 않는 보고 싶음으로 가득 찬 별이 박힌 것 같았다.

순간, 노후를 함께 보내고 싶었지만 그러지 못한 애틋함이 그녀의 가녀린 온몸을 감싸 아지랑이 온기처럼 솟구치는 것을 보았다.

우리 삶에 영원을 기약할 수 없음은 오히려 찰나의 순간을 더욱 절실히 여기라는 신의 선물이 아닐까. 그분 눈의 별에서 인간 생의 선물을 본다.

드라마 '응답하라' 시리즈를 좋아한다. 시대와 사람을 어루만지는 특유의 정서가 좋다. 그중에서도 특히 좋아하는 내레이션이 있다.

"지금보다 절실한 나중이란 없다. 나중이 영원히 오지 않을 수도 있기에. 눈앞에 와 있는 지금이 아닌, 행여 안 올지 모를 다음 기회를 얘기하기에 삶은 그리 길지 않다. (tvN '응답하라 1997')"

어쩌면 오늘 이 삶이 우리 삶의 마지막 날일 수도 있다. 어쩌면 내가 사랑하는 사람의 마지막 날일 수도 있다.

지금도 짧은 작별의 인사 없이 수많은 생명이 저 너머의 세상으로 향해 가고 있다.

누군가를 그리워한다는 것이 얼마나 먹먹한 것인지 아는 나이가 되면 사람을 기억 속에만 간직한다는 게 얼마나 아픈 것인지도 알게 된다.

단 한 번 얼굴을 만지고, 눈을 맞추고, 숨소리를 듣고, 그동안 잘 지냈는지 간단한 안부를 주고받는 그 목소리만이라도 들으면 좋으련만.

오늘 밤에는 우리가 사랑했던 많은 사람들이 우리 꿈에 나와 원없이 안아보고, 회포를 풀고 다정한 목소리에 취했으면 좋겠다. 그리고 살아있는 사람들은 신의 선물, 그 유효함의 시계는 누구의 눈에도 보이지 않아 생각보다도 턱없이 짧을 수 있다는 사실을 잊지 않았으면 좋겠다.

내가 울 때, 같이 울어줄 사람

한때 '연민'이라는 단어를 혐오했었다. 대체 누가 누굴 가엾게 여길 수 있다는 말인가.

"사람 위에 사람 없다"라는 말을 최고의 정의로 여겼던 나에게 '연민'이라는 단어는 '악의'로까지 다가왔다. 하지만 요즘 연민이라는 단어를 다시 생각하게 된다.

서로가 서로를 안쓰럽게 생각하고 가엾게 여기는 것만으로 우리는 많은 분쟁을 호전시킬 수 있다.

서로에게 연민의 감정을 품는다는 것은 곧 그 사람 자체를 그대로 인정한다는 말이기도 하다. 인정하고 사랑하는 것이 곧 연민이다.

까놓고 솔직해지면 나는 내가 제일 안쓰럽다. 그래서 타인도 모두 안쓰럽다. 또, 그러하기에 같이 울어줄 마음 한 자락을 남겨 놓았는지도 모르겠다.

내가 울 때, 같이 눈물의 카타르시스를 느낄 사람. 서로 연민의 마음을 품어줄 사람. 지구 멸망이 곧 확정이라면 그 첫날을 끌어안으며, 함께 보내줄 사람. 그 사람을 기다린다.

하루를 살더라도 사랑하는 사람과 살아

"우리 딸은 꼭 부잣집에 시집가."

내가 어릴 때만 해도, 엄마는 나에게 부잣집에 시집을 가라고 했다. 우리 딸은 부잣집에 시집가서 고생하지 말고 살라고, 설거지나 청소 같은 집안일도 시키지 않았다.

그래도 내 또래 여자인 친구들은 남자 형제와 적당한 차별을 받으며 자랐다. 학교에 가면 오빠한테 혹은 남동생한테 치여서 서러워하는 친구들이 꽤 있었다.

하지만 우리 엄마는 내 팔자가 사나워진다고 집안일도 잘 시키지 않으셨다. 그래서 내 손은 아직도 아기 손 같다. 원래 내 손의 생김도 살이 많고 통통해서 애 손 같은데, 힘든 일도 잘 안 해서 나이에 비해 손이 늙지 않았다. 반면 엄마 손을 생각하면 그냥 눈물부터 핑 돈다.

우리는 대체 어머니 손에 무슨 짓을 한 걸까. 자식들은 대체 엄마 손의 어떤 영양가를 쪽 빨아먹었기에 그곳은 예외 없이 거칠고 주름진 광야가 되었을까. 우리 엄마 손은 왜 바라만 보아도 그리 아픈 존재가 되었을까.

다시 본론으로 돌아가서 엄마가 내게 왜 집안일을 시키지 않으셨는지에 대해서 이야기하자면, 편한 팔자로 살라고, 고생하지 말라고 그러신 건데, 그런 엄마가 나이가 들며 바뀌었다. 부자는 바라지도 않고 "하루를 살아도 사랑하는 사람과 살라."고 하신다. 그 이야기를 듣는데 울컥하지 않을 수가 없었다.

서른, 서른한 살 무렵의 엄마. 우리 엄마도 어렸다. 그때쯤 엄마는 우리 딸, '부자'한테 시집가라 그랬고, 딸이 그때의 본인보다 더 나이를 먹은 지금에는 하루를 살아도 '사랑하는 사람'과 살라 하신다.

작금은 만혼이 유행이라 나도 아직 결혼하지 않고 이러고 있지만, 엄마는 내 나이에 첫아이가 벌써 열 살이었으니 얼마나 어렸던 걸까.

나는 지금도 내가 어른이라 생각하지 않는다. 그런데 어린 나이에 시집와서 안 해본 고생이 없으시니. 부모님의 결혼생활을 내가 따져 무엇하겠느냐마는 내 시선으로 봤을 때 두 분은 사랑이 충만한 결합도 아니었던 것 같다. 그래서 엄마가 내린 결론이 "하루를 살더라도 사랑하는 사람과 살라."는 지대한 깨달음 아니었을까. 엄마의 그 마음을 깨달은 이후부터 나는 사랑이라는 가치에 대하여 늘 생각한다. 그리고 내가 정말 사랑하는 사람을 만나 단 하루라도 최선을 다해 살아가려 노력해야 한다는 생각도 한다.

엄마의 원대로 또 나의 뜻대로 살아가기 위해, 내가 먼저 좋은 사람이 될 것이다. 그리고 사랑이 가득한 사람, 존재만으로 가치 있는 사람이 되려 한다. 그렇다고 해서 내게 부족한 무언가를 억지로 부어 넣겠다는 것은 아니다. 있는 그대로의 나를 인정하고 나의 길을 향해 하루하루 스스로 응원하는 삶을 살 것이다. 그러다 보면 사랑하는 사람과 최고의 하루를 보낼 수 있지 않을까.

소풍 끝나는 날

우연한 기회에 '죽음 준비 교육'이라는 단어를 접하게 되어 찾아보았다.

누구나 죽음을 맞이하지만 애써 그 준비를 하지는 않는다. 대부분 사람에게 죽음이란 어느 날 갑자기 온다. 그런데 죽음을 준비한다면 왜일까. 죽음을 준비하는 교육까지 받아야 한다면 왜 그래야만 하는 걸까. 조사를 해보니, '죽음 준비 교육'을 통해서 사람들은 존엄한 죽음이란 무엇인가, 죽는다고 끝이 아니라는 사실, 죽음을 받아들이는 단계, 진짜 죽음을 안다면 자살하지 않는 이유에 대해서 배운다고 한다.

나는 인터넷을 통해서 수박 겉핥기로 이 교육에 대해 접했지만, 삭막한 현대인들에게 가장 필요한 교육이 아닐까 생각하게 되었다. 우울증과 공황장애, 대인기피증 등 현대사회가 만들어 낸 괴물 같은 마음의 병이 우리를 끝내 죽음으로 내모는 경우가 많으니까.

이렇게 말하면 믿는 사람이 있을지 모르겠지만, 내가 인지하는 '내 최초의 생각'은 '죽음'에 관한 것이었다.

여섯 살 때 유치원에서 하교하는 길에 언덕에서 넘어질 뻔했는데 '내가 이대로 엄마를 못 보고 죽으면 어떻게 되는가. 나는 죽으면 어디로 가는 걸까?' 생각했다. 동생이 태어났을 시기의 기억이라거나 어려서 어디에 놀러 갔다는 기억이, 대부분 부모님 말씀 때문에 '기억의 재구성 및 재사유화'를 이뤄낸 것이라면 여섯 살에 '죽음'에 대해 고민한 것은 명확히 생생한 나의 첫 사유(思惟)다.

그날 이후 다른 사람들보다는 좀 더 자주 죽음에 대해 생각한다. 이를테면, 내 인생의 마지막 날 무엇을 하며 시간을 보낼 것인가, 혹은 신이 나를 이 세상에 보낸 것이라면 그 목적은 무엇이었을까 하는, 조금은 일상을 무겁게 하는 생각들.

셀프 죽음 준비 교육을 이수한다. 거창하게 말했지만, 그냥 내 인생의 마지막 날을 상상해 보는 것이다.

일단 전주나 제주같이 녹차 밭 넓게 펼쳐진 곳에 가서 파릇파릇한 생명을 구경하고 싶다. 이번 생애에서 내가 이들처럼 푸르렀고 또한 쓸모 있었기를.

천상병 시인은 '귀천'이라는 그의 시에서 인생을 '지상에서의 소풍'이라고 표현했다.

이제 소풍을 마치는 날, 나는 가족들에게 하직 인사를 고하고 홀로 설 준비를 한다. 이제 정말 가는 것이다. 탈도 많고 미련도 많았던 이 세상의 소풍을 끝내는 시간이 온다.

지켜보는 이가 있다면, 꼭 말해주고 싶다. 사랑하는 사람들이 마지막까지 함께했기에 내 삶은 축복이었다고. 오래도록 내 곁에 머물러 주어 고맙다고. 그렇게, 마지막에 웃는 자가 되고 싶다.

내 마지막 순간에 웃을 수 있을까. 소풍이 즐거웠어야 할 텐데. 가서 '아름다웠다고 말할' 수 있어야 할 텐데.

우리가 냉장고에 붙이는 것들

. . . . •

뜻밖의 자리가 마련되어 회사 법무팀장인 변호사님과 맥주잔을 기울이게 되었다. 나를 가만히 보다가 생각이 났는지 이런 질문을 한다.

"어떻게 그렇게 글씨를 잘 써요? 배웠어요?"

아! 무슨 이야기를 하는지 알겠다. 나는 회사에서 인사, 총무, 홍보, 교육과 관련된 업무를 조금씩 하고 있는데 그중에서 가장 비중 있는 업무가 '총무' 영역이다. 그리고 동료들이 나를 가장 빈번하게 찾는 업무도, 스스로 사명감에 사로잡히는 업무도 '총무' 영역이다.

총무 영역에는 별별 일이 다 포함된다. 거기에는 직원들 생일에 상품권을 전달하는 업무도 있다. 변호사님이 말하는 글씨란, 회사에서 지급하는 생일 상품권 봉투에 축하한다고 적은 캘리그래피. 바로 그거였다.

그저 받는 사람이 좀 더 기분 좋게 생일을 보냈으면 하는 마음으로 시작한 그 일이 이제는 그만둘 수 없는 나만의 시그니처가 되었다.

"아유, 그렇게 잘 쓰지 못해요."

나는 겸손하게 손사래를 치면서 예의상 하는 말씀일 거로 생각했다. 그런데 변호사님의 다음 말에 극한의 뿌듯함을 느꼈다면 너무 오버일까.

"우리 집사람이 글쎄 그거 떡하니 냉장고에 붙여 놨더라고요."

내 글씨가 남의 집 냉장고에 붙어있다. 정말 기분이 좋다. 아니 잠깐! 그냥 'OOO 변호사님 생신을 축하드립니다. 오늘 하루 행복하고 즐겁게 보내십시오.'라고 쓴 그 봉투를? 그러다 불현듯 떠오른 기억이 있었다. 변호사님의 생일날, 나는 다른 사람들에게는 제공하지 않은 어떤 '글씨'를 한 번 더 썼다. 그를 위해서였지만 반쯤은 나를 위한 글씨였다.

팀장님이 외근을 다녀왔을 때, 나는 오늘이 변호사님의 생일이라고 알려주었다. 둘은 티격태격하면서도 친해 보이는데, 실제로 친하지는 않은 특별한 사이였다. 굳이 따지자면 변호사님이 우리 팀장님을 좀 더 좋아하는 것 같았다. 그래서 팀장님에게 변호사님의 생일을 언급했다. 뭔가 우리 팀장님에게 생일 축하를 받으면 그가 좋아할 것 같아서. 아니나 다를까 팀장님은 "변호사님한테 한턱 쏘라고 하자."며 장난스러운 눈빛을 번뜩인다.

나는 그 장난에 동참할 요량으로 평소 작성하던 상품권 봉투의 글씨 말고, 최대한의 기교를 발휘한 엽서를 한 장 더 썼다. 정확한 기억은 아니지만 대충 이런 내용이었다.

"OO(회사)의 일당백 인재! 최고의 실력자! 법무팀장 OOO 변호사님의 생신을 진심으로 축하드립니다. 변호사님이 계셔서 늘 든든합니다. 앞으로도 회사의 구원투수로 활약해주십시오!"

나는 상품권 봉투와 엽서를 법무팀 직원에게 가져다주면서, "변호사님 오늘 생일 축하드린다고 전하고 제가 특별히 엽서도 따로 썼으니까 꼭 맛있는 거 쏘라고 전해주세요."라고 했다.

그리고 잊었다. 엽서의 존재도 그 이유도. 그러니까 변호사님 아내가 냉장고에 붙였다는 '그것'은 상품권 봉투가 아니라 엽서였을 것이다.

누군가에게는 흘러가듯 일상적인 일이 다른 누군가에게는 특별한 일이 되기도 한다. 내가 변호사님을 생각하며 적었던 그 메시지의 의미와 한 글자 한 글자 적어 내려갔던 그 글씨는 진심이었으나 내게는 그 일이 특별하지 않았다.

하지만 변호사님의 아내분 처지에서 생각하니, 그날 내가 장난처럼 적어드린 그 엽서가 그녀에게는 매우 가치 있고 특별한 종이가 아니었을까 싶다.

회사 직원들이 내 남편에게 보내는 존경과 사랑 그리고 신뢰, 인정.

내가 적은 메시지에는 그런 마음들이 들어있었다. 아마 그녀는 '내 남편이 이렇게 멋있는 사람이었구나.' 하고 다시 한번 느끼게 되었을 것이다. 그리고 남편의 일과를, 함께하는 사람들과의 관계를 상상하고 그를 더욱 응원하고 싶어졌을 것이다. 내 남편이 회사에서 이렇게나 뛰어난 사람이구나 느끼게 되는 그 부분을 다른 사람이 또박또박 건드려주니 그 글씨를 어찌 냉장고에 붙이지 않고 배겨날 수 있을까.

나는 다시금 내 업무에 사명감을 느꼈다. 아니, 그날은 성취감에 가깝기도 했는데 얼굴을 모르는 변호사님 아내분의 미소를 떠올리면서 그냥 한 번씩 웃음이 났다.

나는 엄마가 적어 준 생일카드를 냉장고에 붙여놓았다. 단 두 줄짜리 그 메시지를 볼 때마다 쇄골 사이 목 언저리에 온기가 생긴다. 떠올리는 것만으로 따뜻하다.

우리는 잊지 않을 것들, 그리고 가장 소중한 메시지, 사랑으로 가득 찬 순간들만을 냉장고에 붙인다. 소중한 사람을 위한 레시피, 아이가 그린 크레파스 번진 그림, 가족사진 같은.

그래서 냉장고 자석은 비싸도 사야 한다. 우리에게 의미를 주고 기쁨을 주는 것들을 잔뜩 지탱하고 있으니까.

거리에서 고단함을 뱉어내는 사람들

어려서 어딘가 여행을 다닌 기억을 떠올리면, 차 타고 이동하는 자체가 매우 번거롭고 고통스러웠다. 그중에서도 엄마 무릎에 누워서 메스꺼운 속을 진정시켰던 그때의 느낌은 시간이 아무리 지나도 잊히지 않는다. 그래서였나. 이제 고백하듯 말하지만, 나는 뼛속 깊숙이 '집순이'다.

어디 돌아다니는 것도, 쇼핑도, 맛집 탐방도, 별로 안 좋아한다.

내가 이런 이야기를 꺼내면 가까운 지인들도 의외라는 표정을 짓는다. 그들이 아는 나는, 단편적인 해외여행의 빈도가 꽤 많은 사람이기 때문이다. 하지만 나의 여행은 내 손으로 돈을 벌면서부터 시작되었다. 그리고 떠남의 이유도 '여행을 가고 싶어서'가 아니라, 직장인에게 주어진 휴가의 시간이, 책상에 매인 몸이 아니라는 '자유의 느낌이 소중하고 아까워서' 시작된 것이었다.

지금은 여행을 좋아한다고 말해야겠지만, 성향이 보여주는 '나'는 원래 여행과 맞지 않는 사람이다. 그러다 보니 여행의 목적은 자연스럽게 관광보다는 휴양에 좀 더 치중된다.

우리나라에서 휴양을 생각하면서 떠날만한 곳은 대게 '동남아'로 일컬어지는 지역이다. 그래서 내가 떠난 여행지의 반 이상이 동남아다. 동남아 중에서도 유독 만족도가 높은 곳은 베트남이었다.

베트남의 문화나 역사에 대해서는 잘 모르겠다. 베트남전쟁 때 우리가 그들에게 크나큰 상처를 입혔다는 것과 현재 박항서 감독이 그곳에서 엄청난 인기를 구가하고 있다는 것 정도밖에는.

내가 베트남에 매력을 느꼈던 것은 그곳의 사람들과 음식 덕분이었다. 베트남 사람들은 친절하고, 생활력이 강하며, 부지런하다. 적어도 내가 짧은 여행 중 관찰한 사람들은 그랬다. 그리고 베트남 음식은 정말이지, 맛있다.

현지에서 먹어 본 베트남 음식 중 대부분은 호불호가 없었고 또 내 입에도 실패가 없었으니 아마도 세계적으로 한국인의 입맛과 잘 통하는 음식으로 손꼽히지 않을까 생각한다.

그런 베트남에서 여행 내내 적응하지 못하고 노상 놀라게 되었던 것은 두 가지였다.

첫째, 베트남(특히 다른 지역보다 하노이)의 오토바이는 상상을 초월한다. 시내 중심지에서 마주하게 되는 오토바이 무리는 끝없이 이어질뿐더러 매우 시끄럽고, 교통신호를 지키지 않으며 사람을 겁내지 않는다. 즉 파도처럼 끊임없이 오토바이가 물결처 거리를 활보하기 때문에 심호흡하고 마음을 단단히 먹지 않으면 평생토록 길을 건널수 없을 것 같은 느낌을 준다. 실제로 처음 몇 번은 오토바이를 두려워하다가 십 분씩 길을 건너지 못했다. 그 후 덩치 큰 다른 외국인들 뒤에 끼어 길을 건너는 나름의 방법을 터득한 뒤에야, 두려움을 조금 물리치고 길 건너는 시간을 단축할 수 있었다. 하지만 오토바이 수백 대가 동시에 운행하며 경적을 울려대는 소리는 여행 마지막 날까지도 적응되지 않았다.

베트남에서 놀란 두 번째는, 사람들이 길에서 뭘 먹기를 즐긴다는 것이다. 예를 들면 길에서 대야 같은 곳에 놓고 꽈배기를 파는데, 현지인들이 꽤 잘 사 먹는다. 우리나라도 노점상이 다양하게 존재하지만, 이곳 사람들이 길에서 뭔가를 먹는 것의 느낌은 뭐랄까. 가게에서 상품을 팔고 사는 느낌이 아니다. 손바닥만 한 목욕탕 플라스틱 의자를 깔고 앉아서 이것저것 함께 먹는 그들의 모습은 문화적 차이 때문인지 어색하게 다가왔고 내게 뭔지 모를 불편함을 주었다. 그 감정을 진정 알 수 없어서, 나는 내 미간의 떨림을 무시한 채로 발걸음을 옮겼다.

베트남에서 할 수 있는 이색 체험인, '화려한 네일아트'를 위해 이동해야 했다. 베트남은 한국보다 네일아트 가격이 저렴해, 여행 시 한국 사람들이 네일숍을 많이 찾는다고 한다.

단지 오 분 늦었을 뿐이었다. 네일아트를 위해 예약한 현지 가게는 구글 지도 위치의 2층에 자리했고, 간판에는 불이 들어오지 않아 뻔히 보고도 찾기 어려웠다. 오토바이 소리와 씨름하느라 앞서 시간을 많이 허비했고 그래서 약속한 네일 예약 시간에 조금 늦었다. 늦은 건 나의 실수였지만 억울한 상황이 연출됐다. 가게 직원들은 내가 찾아간 그 지점에서 네일아트를 받을 수 없다고 다른 지점으로 가보라고 했다. 할 수 없이 택시를 타고 알려준 지점으로 이동했다. 그런데 이동한 지점에서 또 문제가 발생했다. 번화가에서 외곽으로 이동한 터라 영어가 전혀 통하지 않는다는 것.

나는 준비한 손톱 사진을 보여주고 이대로 해달라고 요청했지만, 고객의 처지에서 세심하게 예술을 구현하는 그들은 내게 자꾸 현지어로 질문을 했다.

베트남어는 생각보다 더 심각하게 번역기가 통하지 않았다. 그들도 나도 만국 공용어인 손짓과 표정, 번역 애플리케이션에 의존해 의사소통을 이어가려 노력했지만 연이은 의사 전달 실패로 어색한 웃음만이 흐를 뿐이었다.

그때였다. 네일숍 직원의 아버지로 추정되는 분이 가게 안으로 들어왔다. 어쩌면 남편이거나 큰오빠일 수도 있겠다. 어쨌거나 아버지 같은 그분이 오자 직원이 약간 곤란해한다. 그 직원은 내 친구의 손톱을 케어하고 있었는데 우리는 예약한 손님이 아니었기에 아마도 나와 친구의 방문으로 인해 예상한 퇴근 시간이 늦춰졌을 것이다.

직원은 아버지에게 좀 더 늦게 데리러 오라고 전화하는 것을 잊은 모양이었다. 아버지에게 이야기하는 표정과 말투가 그래 보였다.

아버지는 괜찮다고, 기다리겠다고, 웃으며 이야기했다. 이 또한 내 추정이다.

나는 직원이 아버지를 신경 쓰는 그 모습을 보면서 미안한 감정을 느꼈다. 내 손톱이 그림과 보석과 광택으로 더욱 빛날수록 그 직원과 아버지에게 미안했다.

어떤 찝찝한 미안함이 내 뒤통수를 톡톡 건드릴 때 내 손을 담당하던 직원이 내게 자신의 휴대폰을 내밀었다. 한국어로, "아름답다. 더욱 당신."이라고 쓰여 있었다. 내 손이 아까보다 예뻐졌다는 것인가? 이해하지 못하겠어서 그녀를 보며 눈을 크게 떠 보였더니, 번역기를 두드린다. 다시 내 앞에 보인 휴대폰 화면에는 이렇게 쓰여 있었다.

"더 아름답게 해 줄게요."

순간 나는 아랫니로 윗입술을 꾹 깨물고 말았다. 아주 조금 눈물이 나올 뻔했다. 말은 통하지 않았지만 그녀의 진심이 느껴졌다.

퇴근 무렵에 찾아온 외국인 손님이 짜증 날 법한데, 말이 안 통하니 답답했을 텐데, 무엇보다도 다시 안 볼 사람이니 평소보다 대충 할 법한데, 내게 최고의 서비스를 제공하고 싶어서 최선을 다한다. 그런데도 혹시나 의사소통의 실패로 본인의 서비스가 내 마음에 들지 않을까 걱정하며, 어쨌거나 '내가 할 수 있는 한, 당신 손을 최대로 아름답게 해 주겠다'라고 말하는 게 아닌가.

가게를 나오면서 나는 두 손으로 팁을 건네었다. '당신의 것'이라고 정중하게 말했지만 알아듣지 못하는 것 같아 다시 손바닥에 쥐어 주었다. 그리고 고맙다고 말했다. 말은 통하지 않아도 표정이 내 마음을 말해주리라 생각하면서.

외곽지역의 네일숍이라서 그런지 달러로 팁을 받은 적이 없었나 보다. 활짝 웃으면서 대뜸 동료들과 인증 사진을 찍는 그들의 모습에서, 나는 또 알 수 없는 불편함을 느꼈다.

밤이 되자 사람들은 본격적으로 거리에 나와 앉았다. 보도는 시장처럼 많은 인파로 둘러싸인 식당이 되어가고 있었다.

네일아트를 마치고 숙소로 돌아가는 길에도 사람들은 길거리에서 술을 마시고 식사를 했다. 역시 간이의자에 쪼그려 앉은 모습이었다.

그들의 모습을 보면서, 편하게 즐기며 휴식을 취하며 관광하는 내가 '이래도 되는 건가 괜찮은 건가?' 하는 의구심이 들었다. 순간 내가 줄곧 불편하게 생각했던 근원을 알 수 없는 감정이 미안함에 근거한다고 판단됐다. 미안한 불편함이 회오리처럼 휘몰아쳤다.

생계를 위해서 바삐 움직이는 엄청난 오토바이 부대와 나 때문에 퇴근이 늦어진 네일숍의 직원들이 생각났다. 나도 모르게 친구를 옆에 두고 이렇게 말했다.

"뭔가 미안해지네."

친구는 얘가 또 무슨 말을 하려고 저러나 싶어서 왜냐고 묻는다.

"저 사람들 말이야. 길에서 불편하게 먹고 고단하게 살아가는데. 그런 사람들 사이로 내가 여길 지나가면서 관광을 하고 있다는 게. 그냥 좀 미안해."

그때 친구가 내 어깨를 슬쩍 감싸더니 경종을 울렸다. 또박또박 정확하게.

"미안할 게 뭐가 있어. 저들은 그냥 저마다 살아가는 거야. 우리가 회사 다니고 회식하고 그러듯이 그냥 살고 있는 거야."

순간 친구의 말에서 내가 저들을 값싸게 동정하고 있다는 사실을 깨달았다. 그래서는 안 되는 것이었다. 딸을 데리러 오는 아버지의 일과는 당연하였고, 피치 못할 사정으로 야근하는 것은 대한민국 직장인인 내 경우에도 있을 수 있는 일이었으며, 고객에게 진심으로 최선을 다함도 밥벌이하는 우리 모두에게 특별할 것이 하나 없는 당연함이다. 또 뭔가를 먹는 장소가, 타인에게 보이는 모습의 느낌이, 남의 눈에 그것도 나 같은 외국인의 시선에 뭐가 그리 중하다고.

사람들은 그냥 거리에서 쾌활하게 하루의 고단함을 뱉어내고 있던 것이다. 그리고 그 고단함을 모두 해소하고 개운하게 집으로 돌아가려 간이의자가 주는 잠깐의 불편함을 인내하고 있는 것이겠지. 이 시간이 그들에게 내일을 만들고, 또 내일의 내일을 만들어 살아가는 터전이 되었을 것이다. 결코 나 따위가 어리석게 동정할 수 있는 시공간이 아니었다. 이 글을 빌려 내 이해의 부족에 대해 할 수 있는 한 최선을 다해 용서를 구한다.

그리고 언젠가 내 손을 아름답게 매만져주었던 네일숍 직원을 다시 만날 기회가 주어진다면, 당신으로 인해 내가 좀 더 아름다워졌다고 말하고 싶다. 사실, 당신을 만난 베트남 여행 이후 밖에서의 고단함을 품지 않고 집으로 들어가는 습관을 들이고 있다고, 조금씩 더 단단해지는 내가 아름답다면 아름다운 거 아니냐고 대화하고 싶다. 하지만 현지어로 이렇게 이야기할 자신도 없을뿐더러, 말한다 해도 그녀가 내 말의 맥락을 이해할 수 있을까.

각자의 나라에서 매인 몸으로 살아가는 우리지만 한 번쯤 다시 만날 수 있다면 좋겠다. 다시 만나지 못하더라도 나는 그녀의 웃는 모습을 '아름다움'으로 기억할 것이다. 매일의 고단함을 떨쳐내는 그 아름다움을 계속 기억해보려고 한다.

쉬워도 어려워도 내 손에 달렸다

과하게 사랑받고 자라서일까, 완벽하고자 하는 욕심 때문일까, 스스로를 보호하려는 방어기제 때문일까? 일명 '결정장애자'가 많은 사회에 살고 있다.

하지만 쉽게 결정해야 할 것에 너무 신중하면 소중한 시간이 사라진다.

소설 '달콤한 나의 도시(정이현 작가)'에서 주인공 오은수는 혼자 살면서 대충 밥상을 차려 먹는다. 그리고 이렇게 말한다. "내가 먹는 것이, 곧 나다."라고.

그 상징성에 꽤 공감했다. 내가 먹는 것이 곧 나를 이루는 주 성분이 될 수 있으므로 제대로 먹으라는 뜻일 수도 있고, 처지에 따라 먹는 것이 달라진다는 말일 수도 있다.

화려한 사람들은 화려한 음식을 먹고 평범한 사람들은 평범한 음식을 먹고, 기본적인 식사가 허락되기 어려운 사람들은 어렵게 식사를 해결한다.

그렇지만 가끔은 끼니를 대충 때워도 된다고 생각한다. 뭘 먹을지는 대충 정해도 된다. 오늘은 김치볶음밥을 먹고 내일은 오므라이스를 먹으면 된다. 그리고 그 순서가 바뀌어도 된다. 쉽게 결정해도 될 것들을 쉽게 정해보자. 절박하지 않아도 될 사항에 관해서는 결정의 무게감을 덜어보자. 대신에 그 시간을 아껴서 신중해야 할 일에 전력을 기울였으면 좋겠다.

우리는 쉽게 결정해야 할 것을 어렵게 정하고, 신중하고 치밀해야 할 일을 너무 쉽게 결정해버린다. 한 끼의 식사시간은 내일 또 오지만, 이미 정해져 버린 어떤 시간은 다시 오지 않는다. 이를테면 인재(人災)로 여겨지는 사고에 연루된 많은 결정이, 그 과정이 더 어렵고 신중했다면 어떠했을까. 그래도 그 사고가 일어났을까.

우리는 좋든 싫든 각자 수많은 선택을 하며 살아가야 한다. 여기에 신중해야 할지, 쉽게 결정해야 할지는 오직 나만이 정할 수 있다. 그 선택권만은 타인에게 양도하지 말자. 끌려다니지도 말자. 내 손에 달렸다.

키보드와 마우스

빠른 속도로 세상이 발전할수록,

더욱 많은 선택이 우리를 기다리고 있다.

현명한 심신을 가져야 한다.

붕어 밥, 소여물 다 먹이고서

"너 밥 다 먹었으면, 보리한테 얼른 다녀와."

엄마가 말씀하셨다. 남동생을 향하여 힘주어 얘기하는 그 어조에 놀라서 나는 대뜸 "보리가 누구야?" 하고 물었다.

"하아…. 알았어. 화장실 갔다가 다녀올게. 안 그래도 지금 가려고 했어."

동생이 재깍 자리에서 일어난다. 아니 대체 '보리'가 누구냐고 되물으니 그제야 엄마가 설명한다. 동생과 여자 친구가 함께 키우는 강아지 이름인데, 명절이면 동생 여자 친구댁 식구들이 모두 친척 집에 가느라 봐줄 사람이 없어, 동생이 며칠간 드나들며 밥을 주고 챙겨야 한다고 했다. 극심한 개 공포증이 있는 나에게 굳이 알릴 필요 없던 사실이라 정황에 대해서는 수긍이 가면서도 분명 엄마가 화난 듯 얘기한 것 같아 의아한 기분이 들었다.

세상 사람들 대부분에게 자상한 우리 엄마는 나에게 '친절 유전자'를 물려준 친절의 여왕. 자식들에게도 섣불리 화내거나 퉁명스럽게 대하지 않고 늘 사근사근한 분이다.

"엄마 근데 아까 왜 화난 사람처럼 그렇게 빨리 다녀오라고 성화였어?"

궁금함을 참지 못하고 물었다. 그런데 엄마가 당연한 걸 왜 묻나 하는 표정으로 말씀하신다.

"세상에…. 그 어린 게 밥 안 주면 얼마나 배가 고프겠어. 말 못 하는 짐승인데. 식구들 다 시골 가고 밥 줄 사람만 기다릴 거 아니야."

동생이 화장실에서 나오며, 이에 질세라 받아친다.

"엄마, 어제 밥 넉넉하게 주고 왔어. 아직 괜찮을 거야."

그래도 빨리 가봐라, '보리'가 지금 너만 기다리고 있다, 네가 도착하면 엄청나게 꼬리 흔들 거다, 기타 등등. 엄마 말씀이 길어지면서 동생은 피하듯 길을 나섰다.

"동물한테 잘해야지. 얘들이 말은 못 해도, 다 알고 다 느낄 텐데. 돌아가신 외할아버지는 첫새벽에 일어나서 어항에 붕어 밥 다 주고, 소여물 다 먹이고 그리고서 식사하셨어."

엄마가 그렇게 말씀하시고 식탁 위의 식기들을 정리할 때 나는 그녀의 긴 호흡 끝에 한숨처럼 닿은 외할아버지의 인생과 그의 일과를 떠올렸다. 평화롭지만 잔인한 삶이었다. 단단한 행복 속에서 살았지만 울고 싶어도 울지 못하는 삶이었다.

그분의 하루는 아마도 빈틈없이 정직했을 것이다. 밭에서 논에서

뙤약볕 아래서, 바람 불어도 조금도 다름없이 정직한 하루가 열렸을 것이다. 매일매일 조금씩 열매를 일구고 점심나절이면 아내가 내어온 새참을 먹고. 다시 땀을 흘리다가 저녁별이 드디어 인사를 할 때 비로소 고단한 육체에 쉼을 주었겠지.

농사짓기를 멈추는 순간 식구들 먹고사는 일이 막막해졌을 테니. 구 남매 중 두 아이가 핏덩이일 때 약도 못 써본 채 저세상으로 떠나도, 아이들을 자연으로 돌려보낸 흙과 다시 씨름하며 농사일을 멈추지 못했을 것이다.

그렇게 구 남매를 낳았으나 일곱만 남은 아이들이 하나둘 그의 곁을 떠나기 시작했다.

첫째 딸이 시집을 가고 둘째 딸, 셋째 딸 모두 서울로 보내고, 막내까지 사회생활로 모두 떠나고 큰아들만 곁에 남았을 때 할아버지는 무슨 생각을 했을까.

막내가 떠날 때는 마음속 어딘가에서 벽이 허물어지는 느낌을 받았을지도 모른다. 그러다 눈에 넣어도 아프지 않을 내 첫 소생(所生), 내 딸이 어린 나이에 토끼 같은 자식 셋을 품에 안고 남편을 잃었을 때는, 할아버지는 그때도 울지 못했을 것이다. 아직도 곱고 고운 내 딸이 과부가 되었을 때, 살면서 몇 번씩이나 한 해 농사 전부를 망쳐도 원망치 않았던 그 하늘을 그때는 반드시 원망했겠지. 할아버지는 아마도 눈물을 꾹꾹 눌러 담아 삭히고 삭혀서, 그의 목과 내장 안에 꽉 채웠을 것이다.

할아버지는 눈물의 허용 한계를 넘어선 평범한 어느 날, 목 속에 평생의 눈물을 가득 채운 채로 식도암 판정을 받았다. 그리고 몇 달간 어떤 음식도 삼키지 못하고 고통 속에 생을 연명하다가 돌아가셨다. 그렇게 좋아하던 뜨거운 시래깃국 한 모금 맛보지 못하고.

평생을 가족을 위해 뼈가 쑤시도록 농사만 지었던 그 농사꾼은 자신을 위해서도 울어보지 못하고 잔인한 아픔 속에서 생의 마지막 하루를 보냈다.

그에게도 꿈이 있지 않았을까. 한 번도 물어보지 못했다. 할아버지는 어떤 꿈을 꾸는지, 어떤 세상에서 살고 싶은지. 혹시 나랑 비슷한 꿈을 그렸다면 함께 웃으면서 담소를 나누며 할아버지 목 끝에 차올랐던 그 눈물의 부피를 조금씩 줄일 수 있었을지 모르는데.

외할아버지는 원래부터 농사지으려고 태어난 사람인 줄 알았다. 말수가 적었던 그분에게 내가 듣던 유일한 이야기는 땅 얘기, 소 얘기, 날씨 얘기뿐이었으니.

할아버지는 욕망이 없는 사람, 농사밖에 모르는 그런 사람인 줄 알았다.

일곱 형제를 거둬 먹이느라 한 번도 지역사회를 벗어난 적 없던 그의 몸은, 식도암 판정을 받고서야 가까스로 그곳을 벗어난다. 홀가분했으려나 아니면 초봄에 뿌려둔 씨앗을 걱정하며 전전긍긍하였으려나. 진실이 무엇이건 새벽에 일어나 붕어에게 먹이를 주고, 소에게 여물을 주고서야 자신의 끼니를 챙겼던 그 마음을 생각하면 내가 이렇게 여기 적어 내려간 짧은 글이 그분의 생전 삶과 터전을 욕되게 하지 않기만을 바랄 뿐이다.

사람보다 더 나은 동물들의 이야기를 듣는다. 주인을 구하고 자신을 희생한 개의 이야기 같은. 전래동화나 전설 속 이야기가 아니다. 사람보다 공감 능력이 뛰어난 동물들과 함께 살아가는 세상이다.

우리는 그들을 아끼고 지켜야 할 책임이 있다. 살아있는 것은 모두 다 영혼을 가지고, 영혼을 가진 종들은 각자의 아픔을 묻으며 살아간다. 함께 살아가는 땅이다.

이제는 선산에 묻힌 할아버지의 일과를 가슴에 새기면서 생각해본다. 사람도 하나의 동물이라는 사실을.

세상의 여럿 '보리'가 행복했으면 좋겠다. 우리의 '보리'는 할아버지가 눈물 흘린 적 없는 이 땅에서 울 일이 없기를, 목 안에 눈물을 채우지도 말았으면 한다.

길치의 미시감(未視感)

"어! 여기가 아닌데!" 하고 가던 길을 되돌아 나오다가 아까 작별 인사를 모두 마친 동료와 또 마주쳤다. "왜 이쪽으로 다시 오세요?" 하고 의문을 품는 그분의 물음에 나는 '길치'라고 당당히 밝히지 못했다. 조금만 더 친했다면 말했겠지만, 뭐 그리 부끄러운 사실도 아닌데 자랑도 아니니까, 대충 얼버무리고 말았다.

이런 일이 종종 있다. 자타공인 방향치이자 길치로 사는 것은 약간 낯 뜨거운 면이 있다.

눈썰미가 좋은 사람들은 내가 길치인 것을 쉽게 눈치챈다. "너 길치야?" 하는 그 한마디에 왜 나는 작아지는지. 길치가 뭐 어때서, 조금 불편할 뿐인데 하다가도 한 동네에 십 년 넘게 살며 길을 외우지 못해 큰길로만 다니는 나를 불쌍해하는 동생의 난해한 시선을 느낄 때면 조금 서럽기도 하다. 적잖이 곤란할 때는 동행하는 사람과 내가 모두 다 길치일 때다. 서로가 상대의 발을 따라가다가 알 수 없는 길이 나와서야 '잘못 왔구나.' 하고 깨닫는다. 그렇게, 좋은 점은 눈 씻고 찾아도 없을 것 같은 길치에게도 살면서 좋은 점이 있다. 그것은 바로 '미시감(未視感)'을 자주 경험한다는 거다.

미시감에 관해 이야기하자면 먼저 '기시감(旣視感)'에 대해 설명하는 것이 좋겠다. 데자뷔(deja vu)라는 단어로 우리에게 익히 알려진 '기시감'은, 보통 이런 뜻이다. 지금 이곳에 존재하는 나는, 일전에 여기와 본 적도 이와 유사한 상황에 부닥친 적도 없었다. 그러나 이상하게도 '특수한 지금의 상황'을 겪어 본 것 같은 익숙한 기분이 든다. 이때의 그 기분을 '기시감'이라고 표현할 수 있다.

'미시감'은 기시감과 반대되는 말인데, 익숙한 현실이나 친숙한 상대, 혹은 반복해서 학습해 온 낱말에서 낯선 감정, 또는 이질감을 느끼는 것이다. 예를 들면, 내 이름이 아주 낯설게 느껴진다거나 쉬운 단어의 철자를 맞게 적었는데도 어딘지 모르게 잘못된 것처럼 느껴진다거나, 아주 가까운 내 지인이 전혀 다른 사람으로 인식될 만큼 생소하게 느껴져 혼란스러운 감정에 휩싸이는 것.

어느 날, '구름'을 보다가 구름의 생김새도 매우 낯설게 느껴졌을 뿐 아니라 '구름'이라는 단어도 이상하게 느껴졌다. 심지어는 '구름'이라고 써보고 내가 올바르게 적은 것이 맞는지 확인하고자 네이버에 검색을 해보았다. 그러다가 이미지 검색으로 독특하고 오묘한 구름 사진 여러 장을 본다. '이렇게 생긴 구름도 있군.' 하는 생각이 이어지다가 구름에 대한 기억이, 구름을 떠올리게 하는 사람에 대한 추억을 만난다. 별의별 생각을 한다. 그리고 어떠한 사유는 단서가 되고 계기가 되어 결과물로 남는다. 그렇게 미시감은 종종 '영감'으로 작용해 사람을 부쩍 성찰하게 하고, 조금씩 깊이를 키워준다.

기시감도 미시감도 그것을 겪을 때의 기분은 조금 묘하다. 그래서 보통의 사람들은 이러한 현상을 겪으면 찝찝해하거나, 소름 끼쳐하거나 호들갑을 떤다. 이상하기 때문이다.

한데 일부러 이들과 조우하려는 사람들도 있다.

기시감은 불현듯 찾아오는 익숙한 착시와도 같은 것이라서 내가 찾아다닐 수 없지만, 미시감은 노력한다면 포착할 수 있기에. 그런 미시감을 최초로 사냥한 사람이 바로 빅토르 쉬클로프스키(러시아인으로, '낯설게 하기' 개념을 창시함)가 아닐는지.

'낯설게 하기', '낯설게 보기'는 언뜻 예술의 영역으로 간주한다. 저기 저 러시아 철학자가 발견한 이 개념을 우리는 문학책에서나 마주했기 때문이다. 하지만 대상을 낯설게 다뤄보는 것은 예술의 영역이 아니더라도 얼마든지 가능하며, 충분히 중요한 문제이다.

낯선 것은 사람의 탐구 정신을 최대치로 확장한다.

새 여자 친구가 생겼을 때, 새 학기가 되면서 담임선생님이 바뀌었을 때, 직속 상사가 새로 부임했을 때, 우리는 낯선 상대를 향한 내 몸속 세포 하나하나의 움직임을 고스란히 느낄 수 있다. 그래서 이미 익숙한 존재에 대해서도 '낯설게 하는' 것이 창의적인 환경이 있어야 하는 예술가에게는 반드시 유리하다.

그렇다면, 익숙한 것의 장점과 낯선 것의 장점을 모두 취할 수 있다면 어떤가. 제법 환상적이지 않은가. 바로 이 점이 내가 길치라서 좋은 점이다. 궤변이라 여길지 모르겠으나 내게는 사실이다.

같은 길을 지나치는데도 낯설 때가 있다. 몇 번을 지나쳐 왔는지, 몇 년 동안 마주쳤던 가게인지 뻔히 기억하면서도 내게 주어진 여러 가지 감각이 마치 최초로 이 길을 지나는 것처럼 새롭게 인식할 때가 있다. 그 길이 맞는지 헷갈릴 정도로 모든 풍경이 생경하게 느껴져 의아한 기분이 드는 날. 때로는 길이 보여주는 모습에 따라 사람도 달리 보인다. 아니, 어쩌면 사람 자체도 미시감으로 신비로움이 샘솟을 때가 있다. 그래서 이 길도, 우리 곁의 사람들도 함께 곱씹으며 천천히 음미하며 함께 걸어야 하는 게 아닐까.

동네마다 풍기는 이미지와 색이 다 다르듯이 우리가 매일 걷는 길에도, 그 길만의 분위기가 있다. 그 길의 각인된 어떤 분위기가 바뀔 때, 유심히 살펴야 한다. 날씨와 하늘색, 계절의 습도 그리고 그 길을 거니는 사람들의 표정이 길의 분위기를 바꿀 수도 있다. 그래서 간혹 미시감이 들 때마다 번쩍 정신을 차리곤 한다.

길치인 내가 이 길에 영향을 받듯이 나로 인해 누군가의 길이 달라질지 모르니. 내가 놓친 무언가로 익숙하고 소중한 손길과 이별하게 될지 모르니.

어쨌든 모두 지도가 없는 길을 걸어가고 있다.

학창 시절이 끝나면 손에 쥐어졌던 지도는 사라지고, 목적지도 없고 답이 없는 인생의 가파른 길을 걸어간다. 그래서 길치는 하나도 불리하지 않다. 오히려 익숙한 광경을 계속 낯설게 보면서 내게 주어진 것들을 관찰할 수 있는 능력자다. 매너리즘이라는 비틀린 길들을 정비하며, 미시감으로 깊이의 폭을 키우면서, 내 곁의 사람들과 함께 또 가보자.

살리고 싶은 사람

먹고사는 일은 모두 숭고하다.

하찮게 태어난 사람 하나 없고, 하찮은 일 하나 없다.

범죄 영역에 속하는 일을 직업으로 삼지 않는다면, 살기 위해 고군분투하는 우리의 모든 일은 숭고하다. 하지만 유독 사람들이 숭고하게 여기는 직업군이 있다.

대한민국에서는 의료계 종사자, 특히 의사를 좋은 직업으로 여기고 추앙하는 경향이 있다. 그러나 그만큼 그들에게 씌워지는 사회적 책무는 두텁고 윤리적 잣대는 엄격하다. 왜 그럴까? 의사 한 개인의 비위(非違)가 우리 사회에 돌이킬 수 없는 흉터로 남기 때문이다. 그래서 의료사고가 발생한다거나 의사가 의사답지 못한 비윤리적 범죄를 저질렀을 때 사람들은 다른 직업군을 향한 그것보다 더욱 분노한다. 의사는 사람을 고쳐주는 사람이니까, 사람을 살릴 수 있는 사람이니까. 사람의 목숨을 좌지우지하는 그 영역. 오직 신의 공간이라 여겨졌던 그곳에 신이 아닌 존재로서 가장 가깝게 다가간 사람이니까.

육체는 누구에게나 하나뿐이고 목숨도 그렇다. 여러 직업군 중에 인간의 생로병사와 가장 가까이 맞닿아 있는 존재가 의사임은 부정할 수 없다. 그래서 의사라는 직업을 선택하고 올바른 소신으로 자신의 의술을 행하는 많은 의사께 감사한 마음을 가진다. 일면 존경스럽다.

하루에도 몇 번씩 죽을 고비를 넘기는 환자들을 살려내고, 환자 개개인의 통증을 개선하려는 방법을 연구하고, 어쩌면 몸이 아닌 마음을 다쳐버린 사람들까지도 헤아리고 상대해야 한다. 그들도 사람인데 어째서 한계를 느끼지 않겠는가. 두려움과 눈물 앞에 나약해지지 않겠는가. 의사의 평균 연봉이 높다고 해서. 설령 살인적인 수련 스케줄과 노동시간에 걸맞은 보상이 주어지고 있다고 해도, 그 노고의 무게를 얕게 평가하는 사람은 아무도 없을 것이다. 그래서 의사는 존경받아 마땅한 직업이 맞다.

2017년에 방영된 '명불허전(tvN)'이라는 드라마는 주인공 허임(김남길 분)이 조선 시대에서 현대로 '타임슬립'하게 되어 벌어지는 에피소드를 그리고 있다. 그 과정에서 '진정한 의술이란 무엇인가', '의사의 마음가짐은 어떠해야 하는가'에 대해 여러 인물의 입을 빌려 이야기한다. 그중에서도 수술받지 않고 '그냥 죽겠다.' 했던 한 소녀를 침술로 살리고서 허임이 보여준 진심은 환자를 위해 최선을 다하고도 눈물을 흘리는 의사의 고뇌를 엿보게 한다.

"의원으로 살다가 가장 힘들 때가 언제인지 아느냐? 살릴 수 있는, 살리고 싶은 사람을 잃었을 때다. 내가 사는 세상에선 살릴 수 있는 사람보단 그렇지 못한 사람이 더 많단다. 하지만 어쩌겠느냐. 사람의 의술이 아직 그 병에 이르지 못한 것을. 하지만 내 의술로 고칠 수 있는 병인데도 병자를 잃게 되면 말이다. 그날은 잠도 못 자고 밥도 못 먹는단다. 억울하고 분해서. 병이란 병자가 스스로 일어날 마음이 있을 때 낫는 법이다. 의원의 역할은 고작 병자가 싸울 수 있도록 도와주는 것일 뿐. 병과 싸우는 건 병자 자신이기 때문이지. 그날 너를 살린 건 내가 아니라 너 자신이었다. 살리고자 하는 너의 마음."

의사는 신이 아니다. 살리고 싶은 사람을 살리지 못했을 때의 참담한 심정을 몸 어딘가에 고스란히 쌓아나가는 우리와 똑같은 사람이다.

신의 영역에서 하루하루 전투를 치르는 그들을 도와야겠다. 더욱 많은 사람을 살릴 수 있도록.

'허임'의 말이 옳다. 스스로 일어나 싸워야겠다. 내일의 내 상처를 치료하면서 의지를 세워야겠다.

살아있는 동안에는 생명에 대하여 생각해야만 한다. 우리는 모두 사람이니까.

살리고 싶은 사람. 그리고 나는, 내가 살려야겠다.

사실은 신이 주신
최고의 사랑이었다

2013년 9월 5일 '카카오스토리'에 일기처럼 올린 글

　수요일 새벽에 할머니 가셨다는 얘기를 처음 들었을 때, 하나도 슬프지 않았다. 편하게 가셨다고 생각했다. 그동안 할머니가 병상에서 얼마나 고생하셨는지 잘 알기에 그냥 터억 마음이 놓였다. 호상은 없겠지만, 할아버지 곁으로 편히 떠나셨다. 이따금 눈물이 나는 것은 어쩔 수 없었지만, 할머니 장례에 참석한 우리는 모두 웃음이 나면 웃었다. 이제 할머니를 모신 리무진이 장지로 가고 있다. 눈물이 멈추지 않는다. 나는 비록 이름도 안 올라가는 외손녀지만, 해드리지 못한 일들만 생각난다. 할머니가 재미있게 보는 드라마를 만드는 게 내 가장 큰 꿈이었는데 지키지 못했다. 할머니~ 좋은 곳으로 편히 가시고 다음 생에는 내 손녀로 태어나 주시면 내가 받은 사랑보다 더 많은 사랑 드릴게요. 사랑해요. 할머니. 내가 너무 미안해. 안녕.

외할머니가 돌아가신 지 엊그제 같은데 벌써 7년이라는 시간이 지났다. 내 꿈은 위에 언급한 대로 할머니와 엄마가 재미있게 보실만한 드라마를 만드는 것이었는데 역량이 부족해 언저리만 맴돌다, 할머니가 돌아가실 때까지 그 약속을 지키지 못했다. 그렇게 할머니가 돌아가셨을 때 내가 꿈을 포기한 것이, 그 사실이 원망스러웠다. 언젠가 돌아가실 것을 알았지만 그렇게 빨리 그 시간이 올 줄은 몰랐기 때문이다.

할머니는 내가 사회생활을 시작한 지 얼마 안 되어 돌아가셨다. 나는 평범한 직장인이 되어 꿈을 유예한 채 아직 살아간다. 나는 나에게 당당하지만 스스로 자랑스럽지는 못하다.

할머니는 슬하에 일곱 형제를 두셨다. 그런데 내 얕은 생각으로, 할머니는 우리 엄마를 가장 편하게 생각하셨던 것 같다. 본인에게 제일 잘했던, 가장 만만했던 셋째 딸. 그래서 돌아가시기 몇 년 전에는 우리 집에 와 계셨는데, 나는 사실 그게 못마땅했다.

할머니는 거동도 많이 불편하셨고 엄마는 직장생활을 병행했기 때문에 여러 가지로 가족 모두 할머니를 모시기에 어려움이 있었다. 내가 가장 못마땅했던 이유는 '우리 엄마가 고생하는 것 같아서'였다. 할머니가 말투나 다정한 분이면 모르겠는데 손자, 손녀, 사위는 물론이고 본인 딸에게도 그렇게 살가운 분은 아니었다. 그래서 나는 못내 할머니가 야속했다.

그때는 그분이 무뚝뚝한 시골 분이라는 것을 생각하지 못했던 것 같다. 감정표현에 서툰 분이라는 것을. 가슴속에 그저 정이라는 녀석을 쿡쿡 쌓아놓기만 하지 밖으로 꺼내 보일 수 없는 분이라는 것을 생각도 못 했다. 나는 어렸고 편협했으며, 할머니는 살아온 방식을 바꾸기엔 그동안 너무 고독했다.

　가끔 할머니께 십만 원씩 용돈을 받았었다. 그 용돈은 나에게 죄악이었다. 엄마를 고생시키는 사람에게 가졌던 좋지 않은 마음, 불편감, 일종의 불경죄 같은. 그래서 한사코 거절했다. 하지만 그 무뚝뚝한 분이 봉투를 건네며 한 번씩 씁쓸하게 웃을 때 드러나는 천륜의 정이 너무도 가슴 아파서 끝까지 거절도 못 했다. 아마 엄마는 그때 나의 이런 심정을 꿈에도 모르실 거다. 그런데 알아도 상관없다. 나는 우리 엄마가 중요했다. 생각해보면 할머니는 엄마의 엄마다. 엄마의 처지를 생각해보자.

　"엄마와 더 함께하고 싶다. 내가 우리 엄마를 모시겠다는데, 내 딸이 뭔데, 뭐가 문제인데 불편해하나."

　내가 아닌 엄마가 되어 할머니를 생각하면 내가 참 철이 없었다. 그래서 지금도 그때의 불효를 후회하고 또 후회한다. 그래서 할머니가 돌아가시고 카카오스토리에 저렇게 쓴 것 같다. 가슴 미어지게 죄송하고 또 죄송해서. 다음 생에는 내 손녀로 태어나주시라고.

　엄마가 아직 내 옆에 건재하신데, 한 번씩 '엄마라는 존재만으로 그 이름만으로 눈물 콧물이 다 흐를 만큼 아프고 가슴 저릿하다.

엄마는 얼마나 자주 할머니가 보고 싶을까. 삶과 죽음으로 더는 볼 수 없게 되면… 먼 훗날 부모님이 내 곁에 안 계신 순간이 상상되지 않는다.

'부모님은 기다려주지 않으신다.'는 말이 있다. 할머니가 그렇게 기다려주지 않으실 거라고는 깊이 생각 못 했다. 그렇게 따지면 부모님 살아계실 때 잘해야 한다는 말은 아무리 과해도 넘치지 않는다.

오늘도 마음은 그렇지 않은데, 내 입에서는 좋은 소리가 나오지 않는다. 자식들 먹는 것 입는 것은 챙기면서 본인들 건강검진 하나 제때 챙기지 않으시는 부모님의 모습을 보면서 속이 터진다.

사랑한다는 언어를 입 밖으로 꺼내어보고 싶은데, 그냥 부끄러워서 다시 집어넣는다. 함께 더 시간을 보내고 싶고 즐거운 경험도 나누고 싶은데 살다 보니 그 또한 쉽지 않다.

작년 내 생일에 엄마가 이렇게 문자를 보내주셨다.

"우리 딸~ 엄마 딸로 태어나줘서 고마워."

그래서 올해 어버이날에는 내가 엄마께 먼저 문자를 보냈다.

"엄마 딸로 태어나서 행복해요. 사랑해요."

늘 생각한다. 우리 부모님의 딸로 태어난 것이 내 최고의 행복이라고. 특히 엄마의 사랑은 신이 주신 최고의 사랑이었다.

강원 양양의 한 펜션,

할머니 품을 닮은 뒷마당 모습에 한동안 정신이 아찔하였다.

사람이니까, 누군가를 미워할 수도 있지

두려웠다. 나를 미워하는 그 사람을 대면하는 일이 내게는 너무도 두려운 일이었다.

아버지는 살면서 적을 만들지 않는 것이 가장 바람직한 인생이라고 하셨다. 그런데 내가 깨달은 것은, 적이 없다면 '내 편'도 없다는 것. 나는 아버지처럼 선비 같은 삶을 살 수 있는 사람이 아니라는 것. 그리고 아무리 적을 만들지 않으려 노력해도 그것은 절대로 불가능하다는 것. 그 모든 이유를 차치하고서라도 적과 마주해야 할 일은 생애 꼭 한 번은 다가오며 그건 사람이라면 모두 다 두렵기 마련이다.

그 사람이 왜 나를 미워하는지는 알지 못하였다. 다만, 알 수 있는 감정이었다. 미움은 그저 옆구리를 툭 치고 지나가듯이 전혀 예측하지 못한 방향에서 돋아나기도 하니까. 그래서 깊이를 모르는 그 미움에 넓은 아량으로 다가서지도 못하고 성내며 따지지도 못하고 그냥 혼자 두려워하였다.

하지만 시간이 지나며 깨달아졌다. 그가 나와 같은 사람이라는 것을. 때로는 순한 양의 모습으로, 또 한순간에 포악을 떨 수도 있지만, 소소하고 아름다운 순간들을 쌓아 올리며 생을 버티어 낸 그저 한 사람이라는 것을.

그래 사람이니까 누굴 미워할 수도 있지. 그런 거지.

무심한 아버지가 다정하게 느껴질 때

무심한 아버지가 어느 날 다정하게 느껴질 때, 문득 두려워졌다. 그리고 아버지의 건강이 염려되었다.

사람은 하루아침에 변하지 않는다. 그래서 그분의 다정함이 어떤 전조증상이 아닐까 하는 염려까지 되었다.

예감은 틀리지 않았다. 강철로 만들어진 줄 알았던 아버지 심장에 문제가 생겼다. 아버지가 아프시구나. 하늘이 무너진다는 표현의 무게를 한 번도 상상해 보지 못했는데, 그날 내 하늘은 잠깐 무너질 뻔했다.

조우성 변호사는 그의 저서 '내 얘기를 들어줄 단 한 사람이 있다면'에서 헌법보다 우선하는 "아버지 법"을 소개했다. 아버지께서 철도 공무원을 지냈기 때문에 철도청을 상대로 한 재판은 하지 않는다는, 무서운 아버지 법이다. 그는 "늘 방에 누워계시거나 힘없이 걷던 철도 공무원 아버지"가 기차역에서 "손님이 다쳐서는 안 된다며" 한 할머니를 번쩍 안아 올리는 것을 본 뒤, 아버지를 진심으로 존경하게 된다.

"우성이 네가 앞으로 변호사를 하다 보면 별의별 사건을 다 맡을 거다. 그래도 절대 철도청을 상대로 싸우면 안 된다. 이거 하나만 약속해라. 철도청은 네 은인이다. 알겠냐?"

"본인이 몸이 좋지 않아 제대로 출근하지 못하는 날이 많았음에도 정년까지 돈을 벌 수 있게 해주고 내가 대학 시절 장학금까지 받을 수 있도록 해준 철도청에 어떻게든 은혜를 보답해야 하지 않겠느냐."는 말씀이셨다.

그리고 조 변호사는 그 원칙을 철저히 지키고 있다 한다.

나도 아버지 말씀을 철저하게 따르는 것들이 몇 가지 있다.

'마음의 빚을 지지 말 것', '적을 만들지 말 것', '감정을 앞세우지 말 것' 등은 지키기 어렵지만 되도록 지켜보려고 하는 것들이다. 일부는 못 지키고 있는 것도 있다. 내가 지키지 못하면, 아버지는 나에게 이렇게 말씀하신다.

"우리 딸은 다 좋은데, 정리정돈이 문제지."

아버지가 조금은 덜 다정해졌으면 하고 바랐다. 아니 그 속도가 조금만 더 늦춰졌으면 하고 바란다. 그 속도가 빨라질수록 불안한 생각이 머릿속을 맴돈다. 내 곁을 떠나갈 속도가 빨라져 가는 것만 같아서, 겁이 난다. 감히 말하지만, 세상의 모든 아버지는 위대하다. 내 곁에 계실 때 이 사실을 잊지 않으려 한다.

아빠! 힘내세요! 언제까지나.

서울, 숭례문(남대문)

익숙하게 지나치는 곳이지만

누가 뭐라 해도 국보 1호.

가끔은 소중함을 잊었다 해도

한 번도 존재를 잊은 적 없다.

내 몸이 커져서

어느덧 그대가 작아 보여도

역사는 웅장함을 잃은 적 없다.

(어느 날 지나다가 아버지 생각이 나서 사진을 찍어두었다.)

약자를 위한 자리

벌써 몇 년 전 퇴근길의 일이다.

그날 나는 지하철에서 할아버지 한 분과 꼬맹이 하나를 만났다. 할아버지는 칠십 대 정도, 꼬맹이는 여섯 살 정도 되어 보였다. 내 옆에 자리가 났는데 할아버지가 어디서 불쑥 나타나셨는지 재빠르게 꼬맹이를 앉혔다. 꼬맹이는 그 자리에서 용수철처럼 튕겨 나오며 저 혼자서는 앉지 않으려고 한다.

"다리 아프다며, 어서 앉아."

할아버지는 손녀를 달래서 앉히려 하였지만 죽어도 저만 앉기는 싫고 할아버지와 같이 앉아야겠다고 칭얼거린다.

나는 앉았던 자리에서 엉덩이를 떼지 않을 수가 없다. 아직 열 정거장도 넘게 남았는데 말이다.

"할아버지, 여기 같이 앉으세요."

내가 자리를 양보하며 말씀드리자 할아버지는 두 번의 사양 끝에 손녀와 나란히 하신다. 그 언저리에서 멀어지는 나를 보며 꼬맹이가 헤죽헤죽 환하게 웃는다. 할아버지가 그렇게나 좋은가 보다. 나보다 훨씬 나은 꼬마다. 그렇게 얼른 쑥쑥 자라서 할아버지께 효도하렴.

한참이 지나 내릴 정거장이 되었는데 공교롭게도 할아버지와 손녀가 나를 다시 보고 인사를 한다. 할아버지는 "이번에 내립니다. 고마워요." 하시고 꼬맹이는 "언니 안녕!" 한다.

그들의 발걸음에는 흥겨움이 묻어났다. 바라만 보아도 좋은, 함께 걷기만 해도 좋은 흥겨움이란 연인 사이에서만 생겨나는 게 아니다.

나는 한참 동안 그들을 염탐하듯 바라보다가 내 눈가가 저릿한 것을 알아차렸다. 돌아가신 외할머니가 보고 싶었다. 그리움에 눈이 감겼다.

나는 매일 한 시간에서 두 시간을 이동에 할애한다.

지하철이나 버스 같은 대중교통에는 약자를 위한 자리가 마련되어 있다. 노약자석, 임산부석 등 이름이 거창한 그 자리들. 그런데 오히려 그 자리들이 아니라면, 자리 양보의 광경을 쉽게 목격하지 못한다. 예전엔 그래도 "여기 앉으세요" 하는 소리를 종종 들었는데. 일단 나부터도 스마트폰을 들여다보며 이어폰을 꽂고 있어 내 앞에 어르신이 서 있는지 어린아이가 서 있는지 신경을 잘 쓰지 않을뿐더러 약자를 위한 자리가 따로 있다는 생각에 일반 좌석은 지극히 '일반적인 자들'의 것이 되어버린 게 아닌가 싶다.

그런 편협함이 나를 작게 만들 때 나는 '내 안의 약자'를 떠올리면서 이따금 앞을 보려 한다. 나보다 약한 어떤 사람의 편의를 내가 담보할 수 있다면, 보호하진 못하겠지만 내가 그에게 작은 도움이 될 수 있다면. 누군가에게 자리를 양보한 나의 마음이 조금이라도 세상에 돌고 돌아서 어느 날 우리 엄마가 심신이 지쳐 지하철의 빈자리를 두리번거릴 때, 가서 닿는다면.

효도는 늘 머리에서 시작해 머리로 끝내는 중이지만, 나는 내가 염탐하던 할아버지와 손녀의 흥겨움을 가슴에 새기면서 종종 앞을 바라본다. 세상 어디에도 약자를 위한 자리는 있다.

경북 문경새재, 소나무 쉼터

길을 잃은 것이 아니었다.

사력을 다했기 때문에 눈앞이 하얘졌을 뿐.

잠깐 쉬다 보면 또 길이 보일 것이다.

떠나고 싶은 날의 유의사항

'여행의 이유(김영하 작가)'가 베스트셀러에 올랐다. 책의 제목만으로 마음이 동하는 책이다.

여행의 이유는 그야말로 무궁무진할 것이다.

살다 보면 문득 떠나고 싶은 날이 있다. 사소한 괴로움이 넘실거릴 때, 훌쩍 떠나고 싶다는 생각의 파도는 어느새 내 턱밑까지 차오른다. 생각은 어디로 갈지 갈피를 정하지 못하고 밀물 때가 되었다가 썰물 때를 만났다가 마냥 혼란스럽기만 하다….

일상의 나를 지배하는 수많은 것들 사이로 비집고 나아가 진짜 나를 찾아가는 여행을 떠나고 싶었다.

열심히 살았다면 가끔은 떠나도 좋을 것이다. 물론 하던 일을 다 마쳤다면.

그러나 일상의 완결이란 생각보다 쉽지가 않다.

마지막으로 떠났던 때가 언제였던가 생각하며 사진첩을 뒤적거리다가 내가 무책임할 수 없도록 만드는 글귀를 만났다. 전 국민이 싸이월드에 푹 빠져 있을 때 적어 놓은 메모를 찍은 사진이었는데 내용은 이랬다.

"여행을 다녀봐서 알지만 돌아오고 나면 떠나기 전과 별로 달라진 것이 없는 것을 알게 된다. 특히 남기고 간 것은 남기고 간 그대로 놓여 있는 게 보통이다."

'피아노와 백합의 사막(윤대녕 소설)'에 나오는 글귀이다. 다시 그 책과 대화를 나눠보고 싶다. 진지한 대화의 시간은 '떠남' 그 자체보다 나에게 더 많은 가르침을 줄 것만 같다.

아무리 떠나도, 아무리 잔류해도 내게 남을 것들은 남고 사라질 것들은 사라져간다. 오늘 아무리 바빠도 오늘의 과업은 내일이 되면 약간의 흔적만을 남기고 사라져가며, 내 오랜 친구 같은 여행의 기억들은 오래도록 남아 내 책임감을 단단하게 다져준다.

그냥 훌쩍 떠나는 일은 쉽다. 하지만 언젠가는 어떤 자리로든 돌아오게 된다. 일상의 나에게로 돌아왔을 때, 그 누구도 아닌 나에게 부끄럽지 않으려면, 나를 찾아가는 여행은 조금 멀리 돌아가더라도 스스로에게 당당해야 한다. 떠나기 전에 꼭 생각해봐야 할 유의사항이다.

대관령, 바람의 언덕

만물을 흔들어대는 자유로운 바람이 초록을 약 올린다.

채비 없는 떠남에 책임도 따르지 않으니 그 도망에는 끝이 없을 것이다.

조언 반사

- 좋은 결과가 있을 거야!
+ 아니야. 결과가 좋지 않아도 돼.

- 열심히 해!
+ 아니야. 뭐든 열심히 하지 않아도 돼. 하고 싶은 걸 해.

- 좌절하지 마!
+ 아니야. 최선을 다했다면 가끔은 좌절하는 게 당연해.

- 다시 일어서야 해!
+ 당장 일어나지 않아도 돼. 조금 쉬어가도 돼.

하지만 말이야. 아무것도 하지 않으면 아무 일도 일어나지 않아. 지금 해. 하려고 해봐. 그게 뭐든 너의 삶이 채워질 수 있다면! 응원할게.

완벽한 존재는 완벽히 부존재

새해가 되고 나이 한 살을 더 먹는 것이 두려워졌다.

나이 듦, 그 연륜의 미덕에 대해서 경외하지만, 알맹이 없이 늙어 가간다는 것은 참으로 서글픈 일이다. 아직 나이만큼의 알맹이가 영글지 못했는데 아무 열매도 맺지 못하고 어느 가을날 쭉정이가 되면 어떡하나 걱정이 앞선다.

지인들 모두 '내가 이렇게 나이를 먹었다니.' 하고 푸념하며, 세월의 무상함 앞에서 속 끓이기는 마찬가지였다.

하지만 나이 먹는 그 자체가 무서운 건 아니었다. 정말로 무서운 것은 시간이 계속 지나가는데도 내가 내 모습이 마음에 안 드는 것. 흡족 근처에도 가보지 못하고 꼬꾸라지는 것. 아니 그보다 더 무서운 것은 이제야 뭔가 성취하기 시작하고, 앞길을 열어 가는데 그렇게 조금씩 준비되어갈 때 내게서 소중한 것들이 사라지는 것.

아침부터 또 엉뚱한 생각을 하고 있다. 사소함으로부터 생각의 구렁텅이에 자주 빠져드는 나는, 이렇게 딴생각을 하다가 다칠 때가 많았다. 다 커서도 일 년에 한 번씩 크게 넘어진다거나 휴가지에서 파도에 떠밀려간다거나. 물건을 놓치고 액체를 쏟기도 한다. 그래서 여태 스스로에게 운전면허를 허용하지 않았다. 딴생각하다 남의 몸을 상하게 할까 봐.

그렇게 벌집같이 들쑤셔진 생각의 틈 사이로 '지금 이런 생각할 때가 아니다. 이번 버스를 놓치면 지각이다!'라는 명령이 들린다. 아뿔싸. 뛰어야 한다.

몇 걸음이나 뛰었을까. 생각의 빠르기를 몸이 따라가지 못해 스텝이 꼬이다가 어정쩡 멈추었고 손에 쥐고 있던 휴대폰을 떨어뜨렸다.

'휴대폰 액정을 교체한 지 채 1년이 안 되었는데, 어쩌지.' 하며 액정을 면밀히 살폈는데 이상하다. 멀쩡하다. 어디 흠집도 하나 없다. 어떻게 된 것인지에 대한 의문도 잠깐, 딴생각이 또 나를 부른다.

'내 삶의 어느 부분에 누군가 나를 이 휴대폰처럼 내동댕이친다면 어떻게 될 것인가. 휴대폰처럼 미동도 없을까. 아니면 박살이 날 것인가. 박살 나지 않기 위해 무엇을 준비해야 할 것인가.'

어떤 날들은 실패하게 될까 봐 비난당할까 봐 시도조차 하지 못하고 꼼짝하지 않았다. 속마음은 '시시하고 작은 사건'으로 종종 박살이 났지만, 그 약점을 밖으로 드러내지 않으려고 부단히 애쓰던 날들도 있었다. 구겨진 자존심을 내 눈으로 보게 되는 것이 싫어서 잘할 수 있는 일에만 매진하고 미세한 실수도 용납하지 않았다. 삶을 현명하게 살아가는 데에는 균형감이 필요하다는 사실을 잘 알고 있었지만 내 안의 '완벽주의'는 그걸 허락하지 않았다. 뜻밖의 던져짐에 아랑곳하지 않고 강인하고도 단단하게 다시 일어서기 위해 완벽주의를 버려야 하는데. 그걸 알면서도 버리지 못한다. 유리 같은 겉껍질이 아무리 잘났다고 으스대도 완벽하지 못한 한낱 유리일 뿐인데. 땅바닥에 부딪혀 박살 나기 전에 휴대폰 케이스처럼 나를 완충해줄, 나를 사랑해줄 관대함을 갖춰야 하는데 그러지 못했다.

그래, 이제라도 완벽하지 못한 나를 인정하자.

인간은 절대로 완벽한 존재가 될 수 없다. 그런 존재는 완벽히 존재하지 않는다. 그걸 왜 지금에서야 깨닫느냐고 두뇌 어딘가에서 '비난'이 시작된다.

안 돼. 비난 금지.

깨달음에도 완벽한 타이밍이란 없다. 그러니까 자책은 짧게. 지금부터 완벽지 못한 나를 보듬어주며 살면 된다.

새해가 될 때마다 나이테 하나만큼의 알맹이가 점차 고운 빛깔로 여물어갈 것이다. 그때 두려움 없이 관대하게 스스로를 바라보려면, 딴생각하다 중요한 순간에 넘어지지 않으려면, 그런 나에게서 소중한 것들을 지키려면 완벽주의로 주춤하지 말아야겠다.

우리에게 완벽한 이웃은 없다.

당신이 내게 살아서 뭐하냐고 묻거든

쉽지 않다는 것을 알아. 아픔을 이끌고 하루하루 살아간다는 것이 얼마나 큰 고통인지도. 아니, 내가 이렇게 당신을 안다고 주접을 떠는 것이, 당신에게 얼마나 상처가 될지도 알 것 같아.

그런데 말이야. 모두가 당신의 삶을 응원할 순 없겠지만 모두가 당신이 죽기를 바라지도 않아.

어떤 사람들은 살아서도 죽어서도 누군가의 마음속에 평생토록 살아.

나도 언젠가 죽더라도, 내가 사랑하는 사람들의 마음속에 뿌리내리고 살아갈 거야. 그러니까 매일 밤 죽음의 문턱이 당신의 눈앞에 열리더라도, 누군가 당신을 부르는 것 같은 환청이 들리더라도, 혼자의 시간이 비참하게 느껴지더라도 내게 다시 물어봐 줄래. 살아서 뭐하느냐고. 이 아픔은 언제 끝나는 것이냐고.

그럼 나는 처음부터 다시 대답할게. 쉽지 않다는 것을 알고 있다고 하면서. 당신이 내게 살아서 뭐하냐고 묻거든 계속해서 다시 대답해줄게.

우리의 삶이 그렇잖아. 어쩌면 다람쥐 쳇바퀴 돌듯이 흘러가는 것이고 그 안에서 의미를 찾는 것이고. 의미가 없었대도 어때.

누구나 좋은 시절이 오기를 기다리며 살아. 마냥 좋아 사는 삶이 어디 있겠어. 그래도 삶이 꼭 죽음과 어둠으로만 뒤덮여있지는 않아. 혹시 알아? 당신이 웃을지. 웃으며 내일을 살아갈지.

기다리면 반드시 오는 것들이 있었어. 그러니 일단은 이 밤이 지나가기를 같이 기다려보면 안 될까. 부탁할게. 우리 삶에 가장 빛나는 순간이 아직 오지 않았다면, 그 순간을 함께 살고 싶어. 당신을 사랑해.

눈부신 월요일

1.

어느 월요일 아침이었다. 알람 소리가 울리기 전에 눈이 떠지면서 이상한 예감 같은 것이 섬광처럼 번졌다. 아니길 바랐다. 그런데 씻으려고 세면대에 가까이 가서 습관처럼 휴대폰의 지문 잠금을 해제하자마자 팀장님에게서 카톡이 와 있는 것을 확인할 수 있었다.

"장모님이 어제저녁 소천하셨어. 이번 주 경조 휴가 좀 신청해주고, 회사를 잘 부탁해."라고 적힌 메시지였다.

팀장님의 장모님은 한 달 전 췌장암 판정을 받고 병원에 입원하셨는데, 결코 아니기를 바랐던 이별의 순간이 결국 일어났다. 나에게도 이렇게 급작스러운 충격으로 다가오는데 가족들은 오죽할까.

어머니의 병간호를 위해 두 달간 휴직을 신청했다는 팀장님의 아내분 생각에 내 가슴이 파동을 일으키며 쓰리기 시작했다. 두 달 중 아직 한 달이 남았는데, 이렇게 빨리, 이렇게 일찍 눈을 감으시다니. 아직 함께하지 못한 일들이, 하지 못한 말들이 많이 남았을 텐데.

세면대 앞에서 팀장님의 메시지를 확인한 후 한참을 그렇게 서 있었다.

어느 날 갑자기 다가오는 이별 앞에서, 그것이 설령 한 번도 만난 적 없는 분의 '부고'라고 해도, 나는 할 수 있는 것이 아무것도 없다. 멈춰 서 있는 동안, 고요한 애도의 눈물 한 줄기가 턱 끝에 닿기에 조용히 수건으로 닦아 냈다. 내가 할 수 있는 전부였다.

그해 가장 일찍 일어나, 가장 오래 세수를 한 월요일이었다.

2.

2016년 늦가을이었다. 회사 신입사원 교육 일정에 파견되어 교관 비슷한 역할을 담당했던 시기의 기억이다.

나는 교실 맨 뒷자리에 앉아서 졸고 있는 사람이 없는지 감시했다. 수업 태도가 안 좋거나 대 놓고 자는 신입사원이 있으면, 점수를 감하려고 그들의 뒤통수를 열심히 쳐다보고 있었다. 그러다 강사님의 어떤 말에 정신이 팔려, 그의 강의를 본격적으로 경청했다. 요약하자면 이 정도다.

"일 잘하는 사람과 못 하는 사람은 아침에 얼굴만 보면 바로 알 수 있습니다. 여러분의 기준에서 일을 잘한다고 생각하는 사람과 못 한다고 생각하는 사람 있지요? 그럼 회사로 돌아갔을 때 그 사람들 각각 아침에 눈을 한번 보세요. 일 잘하는 사람은 아침에 눈빛이 반짝반짝

합니다. 그리고 못 하는 사람들은 아침에 눈 보면, 이건 뭐 동태 눈알이 따로 없어요. 아무 생각이 없는 눈이에요. 일 잘하는 사람들은 왜 아침에 눈이 반짝반짝 빛나느냐? 출근하면서부터 계획이 있어요. 오전에 뭘 하고, 몇 시에 미팅하고, 보고서는 이렇게 작성하고. 일 잘하는 사람들은 아침에 커피 한잔 딱 가져와서 바로 일 시작합니다. 별로 노닥거리지도 않아요. 그에 반해서 일 못 하는 사람들은 시키는 일을 먼저 합니다. 그리고 엄청 게으르죠. 불만도 많아요. 회사 가서 한번 자세히 관찰해보세요. 월요일 아침에는 정말 정확합니다."

그해 신입사원 교육을 무사히 마무리 짓고서, 복귀하자마자 나는 그 강사분의 이야기를 떠올렸다. 정말 그럴까? 일 잘하는 사람은 눈빛이 반짝거리고 일 못 하는 사람은 눈빛이 탁할까? 그러다 어떤 사람을 떠올렸다.

마주칠 때마다 눈빛이 무척이나 또렷해 보여 인상에 남았던 K 과장님이었다. 또 과거에 임원 두 분이 K 과장님을 칭찬하는 소리를 들은 적이 있었다. '소신 있게 일 잘한다.'라는 평이었다. 그의 눈빛이 아침에 반짝거린다면, 그는 추측건대 '일을 잘하는 사람이 맞구나.' 하는 생각이 들었다. 그래서 나는 K 과장님의 눈빛을 확인해보고 싶었다.

하지만 목적은 쉽게 이루어지지 않았다. 아침 출근길 엘리베이터에서 자주 마주쳤던 그 과장님은 내가 확인하기로 마음을 먹자마자 내 눈에 띄지 않았다. 며칠간 우연히 마주치는 것에 실패했던 나는 월요일 아침이 되자마자 동기 한 명에게 메신저로 말을 걸었다.

K 과장님과 자리가 가까워 그의 눈빛을 바로 확인할 수 있을뿐더러 나의 이런 호기심을 어디다 떠벌이지도 않을만한 사람이었다.

동기는 K 과장님의 월요일 아침 눈빛을 확인해달라는 내 요구사항을 듣고도 연유를 캐묻지 않고 바로 답장을 했다.

"과장님의 눈이라. 어제 과음했는지 딱 동태눈인데? 눈빛은 왜?"

대답하고서야 '눈빛은 왜'라는 질문을 하는 그를 위해 자초지종을 말했다. 동기는 그간의 사정에 대해 듣더니 텍스트로 껄껄 웃으면서, "그냥 K 과장님이 눈이 큰 거야. 우리도 과장님만큼 눈이 크면 흰자가 많이 보여서 아마 반짝거려 보일걸." 하고 말했다.

K 과장님의 눈빛이 탁했다는 동기의 발언은 나의 가설을 깨부수었기에 적잖이 실망스러웠다.

K 과장의 그날 눈빛, 그리고 그다음 눈빛도 나는 확인할 수 없었다. 그 이후 그는 이직했고 우리 회사에 다닐 때보다 더욱 잘 나간다는 소식도 가끔 전해 들었지만, 그게 그의 눈빛 때문이었는지는 확실치 않다. 그가 정말 일을 잘하는 사람이었는지에 대한 부분도.

다만 나는 그 후로 내 아침 눈빛을 신경 쓰게 되었다. 특히 월요일 아침에는 적어도 퀭하거나 탁해 보이지 않도록.

3.

월간 다이어리에 음식점 이름과 메뉴들이 빼곡히 적혔던 한 달이 있었다. 매일이 새롭고 벅차서 점심으로 먹은 메뉴들도 잊고 싶지 않아서 그 감상을 적어댔던 한 달. 체험하는 모든 것들이 신나고 신기했던 잊지 못할 한 달이었다.

회사생활을 처음 시작했던 그 한 달. 모든 사람이 좋았다. 당연히 내 마음이 꽃밭이니, 모든 것이 다 좋았을 것이다.

나는 주말이면 월요일이 되기를 목 빠지게 기다렸다. 다음 주에는 또 어떤 사람들을 새롭게 겪을까. 어떤 일들이 나를 기다리고 있을까. 그런 마음이었을 것이다.

올해는 직장생활을 시작한 지 10년 차가 되는 해이다. 그 10년이 어떻게 흘러갔는지 사실 잘 모르겠다. 익숙하게, 또 새롭게…. 이제는 헤아려 셀 수 없는 많은 점심 메뉴가 내 몸을 거쳐 가는 동안, 그저 맡은 자리에서 묵묵히 최선을 다해왔다. 하지만 월요일을 기다렸던 그 마음을 잊지 않으려고 한 번씩 강제적으로 메뉴 이름을 다이어리에 적어본다. 작심삼일이라고 이제는 메뉴 기록의 의미가 무뎌져 며칠 못가 그만두곤 하지만. 그래도 가장 즐거워했던 그 한 달로, 가장 인상 깊었던 나의 초심으로 가끔 되돌아가는 나에게 고맙다.

숱한 월요일을 넘겨왔지만, 또 월요일 아침이다. 매번 돌아오는 월요일 아침. 애타게 기다린 월요일이었다. 헛되지 않게 눈부시게. 할수 있는 모든 것을, 모든 과정마다 즐겁게 즐기는 반짝이는 하루. 그월요일이 여전히 열린다.

그대에게도 그런 눈부신 월요일이길.

그대의 커피 같은 하루에

점심시간이 끝나고 동료직원과 함께 테이크아웃 커피 한잔을 들고 엘리베이터를 기다리는데, 상사 한 분이 이렇게 이야기했다.

"커피값이 밥값보다 비싸지 않아?"라고.

일부는 사실이다. 어떤 커피는 정말 밥값보다 비싸다. 그걸 알면서도 커피를 마시지 않을 수 없다. 이유가 무엇일까. 다른 사람들의 이유는 모르겠지만 내게는 굳이 따지자면 중독이다. 식후 커피 한잔이 주는 이 맛에 중독됐다.

누구나 약간의 중독에 빠져 산다지만, 휴일에는 커피 생각이 간절하지 않다. 하지만 회사에 출근하면 이상하게도 아침에 한 잔 점심에 한 잔을 꼭 챙기게 된다. 그럼 회사가 나를 '커피 중독'에 빠뜨리는 것인가. 어쨌거나 커피는 마성의 에너지를 가졌음이 틀림없다.

팜므파탈 같은 커피 녀석은 쓰면 쓴 대로 달면 단 대로 사람들을 홀린다. 똑같이 쓴데 한약은 고욕스럽지만 커피는 맛이 있다. 모두 그 쓴 커피를 맛있다고 홀짝홀짝 잘도 마신다. 정석대로 뜨겁게 마시기도 하고, '얼어 죽어도 아이스(얼죽아)'라며 차갑게 즐기기도 한다.

커피의 역사가 깊어질수록 사람들의 취향도 확고해지고 원산지가 다른 원두를 선택해 각기 다른 향과 맛에 심취하기도 한다.

커피의 대중화를 이끈 '믹스커피'의 시대를 지나, 이제는 커피에 돈을 아끼지 않는 '커피 마니아'가 대중화되기 시작했다고 해야 하나. 60년대까지만 하더라도 커피는 흔하지 않은, 손님을 접대하는 귀한 음료였다고 한다. 그 희소했던 음료가 이제 우리 곁에 진하게 자리 잡았다.

커피를 달고 사는 내 하루야말로 '커피 같다.'라는 생각을 했다. 당초 커피가 가진 맛도 여러 가지이거니와, 즐기는 방법에 따라 더욱 다른 맛이 되기도 하고, 향도 온도도 마시는 사람의 취향에 따라 달라지니.

우리가 지나치는 이 순간, 내가 보내는 이 하루, 정말 커피 같다.

나와 그대의 커피 같은 하루가 쓰지 않기를. 한껏 쓴맛이 느껴진다 하더라도 향과 맛이 일품이기를. 그 커피로 인해 그대가 에너지를 한가득 받길 바란다.

그대의 커피 같은 하루에,

때로 너무 써서 온몸이 쓰릴지도 모르지만

때로 너무 달아서 행복감에 불안해질지 모르지만

그 커피 같은 하루에 커피를 더해

에너지 충만한 하루를

귀한 사람에게만 대접하는 그 마음을

쓴맛을 곱게 삼키는 세월을 가다듬으며

내 입에 와서 닿는 커피 한 모금

커피처럼 다채롭고 향긋한 그대의 하루에 건배

그럼에도 불구하고
다시 사랑할
그 순간을 위하여

'가장 빛나는 순간은 아직 오지 않았다'라고 이 책의 제목을 붙이고서, 글을 쓰는 내내 아팠습니다.

결국, 제게는 지켜내지 못한 소중한 사람들이 있었고, 앞으로도 저는 사랑하는 사람들을 상실하며 살아갈 것입니다. 시간의 흐름 앞에 어쩌면 당연한 것이겠지요.

그에 반해서 이별의 아픔은 단 하루에 그치지 않았습니다.

이별의 고통은 문득문득 일상의 순간에 찾아옵니다. 아무것도 아닌 일상의 순간에, 그동안 인기척을 내지 않았던 추억들은 부재의 그림사로 나를, 또 당신을 덮쳐옵니다 그 존재들의 이름을, 인생의 마디마디에 함께했던 찬란하고도 아련한 그들을 우리는 언제쯤 잊을 수 있을까요. 아니, 어쩌면 잊지 않고, 잃기 싫어 기억하고 있는 건지도 모르지요.

믿고 싶지 않고, 믿을 수 없이 무기력해져 결코 직면하기 힘든 순간들. 나 자신이 여기 이 자리에 생존해있다는 것이 때로 죄스럽고, 때로는 부조리해서 무슨 짓을 해서라도 되돌리고 싶은 순간들. 그런 후회의 기억들이 한 번씩 우리 안에 슬픔으로 고여 묵직한 상처들을 만들겠지요.

故 김광석의 노래 '서른 즈음에'처럼 우리는 매일 이별하며 살아가야 합니다. 계속해서 처절하게 이별하며 살고 있어요. 우리 모두.

하지만 기억할 것입니다. 우리 마음을 뜨겁게 밝혀주었던 그런 사람들이 있었다는 것. 그들과 함께 나눈 일상의 평범하고도 결정적인 순간들이 우리를 또 버티게 한다는 것을.

바야흐로, 그리하여 우리는 다시 사랑하며 살아갈 것입니다. 당신이 이 세상 어딘가에 살아있을 것이기에, 아니 이 세상에 없다 해도 내 마음속에 계속해서 마음의 방을 가지고 있을 것이기에 저는 괜찮습니다. 살아갈 힘을 얻습니다. 보태주신 그 힘으로 내일 또 잘 버틸게요.

때로는 우정이나 충성심으로, 회한이나 후회로, 사명감이나 정의라는 다른 이름으로 다가왔던 사랑.

삶은 사랑이었고 사랑은 곧 삶이었습니다. 또다시 사랑 때문에 울고 삶으로 상처 입겠지만 새로운 하루가 열릴 내일 아침. 함께 해주실래요?

헤어진 다음 날에도 잘 지내주세요. 무엇 하나 빼앗기지도 말고, 휘청이지도 말고 살아주세요. 가장 빛나는 순간은 아직 오지 않았습니다.

이 책이 당신의 불 꺼진 마음에 은은한 촛불이 되기를,
부서질 듯 건조한 슬픈 어둠에 촉촉한 위안이 되기를 바랍니다.

이청안

가장 빛나는 순간은 아직 오지 않았다

초판 1쇄 발행 | 2020년 6월 17일
초판 2쇄 발행 | 2020년 8월 17일

지은이 | 이청안
펴낸이 | 김의수
펴낸곳 | 레몬북스(제396-2011-000158호)
전　화 | 070-8886-8767
팩　스 | (031) 990-6890
이메일 | kus7777@hanmail.net
주　소 | (10387) 경기도 고양시 일산서구 중앙로 1455 대우시티프라자 802호
디자인 | 페이퍼마임

ⓒ레몬북스
ISBN 979-11-85257-94-5 (03810)

이 도서의 국립중앙도서관 출판예정도서목록(CIP)은 서지정보유통지원시스템 홈페이지
(http://seoji.nl.go.kr)와 국가자료공동목록시스템(http://www.nl.go.kr/kolisnet)에서 이
용하실 수 있습니다. (CIP제어번호 : CIP2020019369)